小学館文庫

咎人の刻印

ダイブ・トゥ・スカイハイ

蒼月海里

小学館

CONTENTS

Criminal Stigmata

神無
KANNA
咎人。
令和の切り裂きジャック
御影
MIKAGE
咎人。
弟殺しのカイン。
ヤマト
YAMATO
御影の屋敷の
黒猫執事。
Stigmata

CHARACTERS
Criminal Stigmata
illustration: 巖本英利
高峰
TAKAMINE
警察官。
警視庁異能課所属。
東雲
SHINONOME
『咎人狩り』の咎人。
Criminal

prologue

闇に包まれた室内に、ぽつんとランプの明かりが灯《とも》っていた。

机の上には、一体の切り刻まれた人形が横たわっている。

それを見下ろすのは、一人の男。その瞳には、深淵《しんえん》よりも深く混沌《こんとん》とした感情が渦巻いていた。

「これで、全てが揃《そろ》った。集めたものを繋《つな》げれば、器は完成する」

切り刻まれた人形は、よく見れば一体ではなかった。パーツの一つ一つをつぶさに観察すると、僅かに色が違っていたり、素材が違っていたりする。

机の上の人形は、複数の人形を切り刻み、パズルのように繋ぎ合わせたものだ。

「ゼロから一は生まれない。だが、一から異なる一を生むことは出来る。その際にエネルギーが必要で、一が多少欠けてしまうのが難点だが」

男はペン先をインク壺《つぼ》に突っ込み、漆黒のインクを紙に躍らせる。白かった紙は、あっという間に複雑な化学式と計算式で埋め尽くされた。

「あの双子の様子からして、埋葬された者の意識のサルベージ――再構成は欠片《かけら》でも出来ることが実証された。魂という言葉は些《いささ》か古い。人格パターンとでも言おうか。一般的には魔法使いというのは時代遅れの産物だが、彼らの方がよっぽど世界の摂理を知っている。彼らにとって、魂という曖昧な概念はとうに過去のものとなっていて、科学で証明されていない次元を理解し、それらに干渉さえしている」

男の周りには、誰もいなかった。しかし、男は自身の脳内を整理するかのように、紙を埋め尽くし、言葉を紡ぐ。

「人格パターンはコピーすることも出来るはず。しかし、それでは意味がない。欠片から再構成し、元通りにしなくては。そのためには、数多《あまた》の情報で欠損を補うための、膨大な変換器が必要だ」

男はさらりと、『mikage』の文字を計算式の最後に記す。

「使いようによっては、無限の可能性が得られるあの異能。時任卿《ときとうきょう》も執心していたが、彼の心は動かせなかった。さて、どうこちらが動けば、彼は従順になってくれるかな?」

男はペンを手の中から滑らせる。すると、ペン先は御影《みかげ》の名前の真ん中に、どすりと突き刺さったのであった。

1

Criminal Stigmata

切り裂きジャックとクロウリーの強襲

御影《みかげ》の中の刹那《せつな》が解き放たれて屋敷から去り、その先で狭霧《さぎり》と相対したという事件から数日後のことだった。「話しておきたいことがある」と高峰《たかみね》から連絡が来たのは。

「警察署に来いってさ」

神無《かんな》は居間のソファに寝っ転がりながら、携帯端末を眺めて言った。

「それはそれは。ついに、僕達《たち》にも出頭命令が下ったのかな」

「それ、洒落《しゃれ》にならないし……」

キッチンからティーセットを持って来た御影は、「失敬」と悪びれる様子もなく微笑《ほほえ》んだ。

シャンデリアの光を受けて、白い髪が新雪のように煌《きら》めいている。右目は眼帯で厳重に覆われており、慈悲深い笑みを湛《たた》える左の瞳は血のような赤だった。

彼が手にしている茶器も、神無が知らないような高級ブランドのものだろう。映えればいいという理由で流行の雑貨屋で買った自分のマグカップとは、滑らかさも繊細さも違っていた。

「まあ、高峰サンがケーサツやってるから仕方ないんだろうけどさ。外部に持ち出しちゃいけない資料とかあるだろうし。でも、やっぱり落ち着かないよね」

神無は上体を起こし、乱れた赤髪を整えながら姿勢を正す。

すると、御影は待っていたかのように、隣に腰を下ろした。

「確かに、本来、僕達と彼らは相容《あいい》れない立場だしね。飽くまでも、こちらは黙認されているだけだから」

御影は目を伏せながら、二人分の紅茶を淹《い》れる。さり気ないその姿すら絵になると、神無は思わず見つめてしまった。

神無も御影も、罪を犯して人の道を離れ、異能を持った咎人《トガビト》になっている。

特に神無は、世間を騒がせた連続殺人犯『令和の切り裂きジャック』だ。本人に明確な殺意がなかったとはいえ、多くの女性の命を奪っている。

だからこそ神無は自身の異能を利用して苦しんでいる人々の役に立とうと思っているのだが――。

「何度自分に言い聞かせても、やっぱり、出頭するのが筋だって思っちゃうんだよね」

「それが長年、自分の中に培われてきた固定観念だから仕方がないさ。君は本来、真面目で優しい子だから、いつまで経《た》っても割り切れないんだろうね」

「俺が真面目とか、やめてくんない？」

神無は、耳に列を成すピアスを弄《いじ》りながら、不機嫌そうに言ってみせた。

しかし、御影は意に介した様子もなく、紅茶を注いだティーカップを勧める。

「真面目だよ。だから君は、いつまで経っても罰を欲する。常に罪悪感を抱いていることがすでに、地獄の業火にあぶられるほどの罰だというのに」

「……地獄の業火の方がきついでしょ」

「どうだろうね。肉体的には辛《つら》いかもしれないけど、精神的にはそこまで苦しくないかもしれない。なにせ、ハッキリとした罰を与えられているわけだから」

ティーカップを受け取ろうとして、御影の指に触れてしまう。陶器よりもひんやりとして、滑らかな指先だった。

「それじゃあ、なんか俺、ドMみたいじゃん」

「みたいじゃなくて、ドMなんだよ」

神無が受け取ったティーカップを見送りながら、御影は彫刻のように整った唇でさらりと言った。

「いや、断言しないでくれる？　地獄の業火にあぶられて気持ちよくならないから！」

「焦熱地獄がお好みだと、僕は妬《や》けてしまうね。業火なだけに」

「ツッコみどころ多すぎて、ツッコむ気にもならないわ……」

神無はゲッソリしながら、紅茶を一口含む。

渇いていた口から鼻腔《びこう》にかけて、ふんわりと優しい香りが拡《ひろ》がった。たった一口だというのに、身体《からだ》が潤いで満たされていくような気すらする。

「アールグレイだよ。お気に召したかな？」

「うん、まあ……」

神無はもう一口含んで心を落ち着けると、御影が用意してくれた茶菓子に手を伸ばす。カエデの葉を模したクッキーだった。

「それは――」

「知ってる。美味《おい》しいよね」

「もみじ饅頭《まんじゆう》じゃないからね」

「分かってるから！　メープルクッキーでしょ、カナダの！」

コーヒーや輸入食品を販売している店で見かけて、購入したことがあった。メープルクリームが挟まれたクッキーだ。

「これ、癖になるよね。流石《さすが》に、一袋消費するには重いけど」

神無がメープルクッキーを食べている横で、御影はローテーブルの上に置かれた神無の携帯端末を手にし、アプリ経由で送られてきた高峰のメッセージを閲覧する。

「ふむ、成程ね」

「いや、自分のスマホ見ろって」

「屋敷の中では、あまり持ち歩いていなくてね」

今は自室にある、と主張する御影に、神無は眉間を揉《も》んだ。

「マジで？　こんなに広い屋敷の中なんだからスマホ持っててよ、御影おじさん」

「善処するよ」

御影はしれっと返事をした。これは実行しないやつだな、と神無は悟った。

「つーか、この屋敷の中、俺はまだ全部回ってないんだけど。目的地まで勝手に明かりが点《つ》くから、それ以外の場所って知らないままだし」

御影が住まう屋敷は、外から見ただけでも広いことがよくわかる。しかも、外には街灯がないので、夜になると廊下は真っ暗だった。

神無は暗闇を怖がる性質《たち》ではなかったが、敢《あ》えて不気味な廊下を歩く気にもなれなかった。

「空き部屋が多いしね。そして、書庫が多い。必要な本があったら、その都度、僕に言ってくれれば案内するよ」

「空き部屋、ね……。俺の部屋もそうだったわけ？」

「そうだね。出来るだけ日当たりが良い部屋を選んだつもりだけど、お気に召したかな？」

「カーテン閉めないで寝ると、朝日がめちゃくちゃ俺を起こしてくれる良い部屋だと思ってる」

言葉に棘《とげ》が出てしまったが、実際、神無は御影が選んでくれた部屋を気に入っていた。日当たりも良く、御影が手入れしている庭園もよく見えて景観がいい。

「意外だったのが、僕が間に合わせで置いた家具を君が使い続けてくれていることかな。あまり好みではないと思ったから」

「んー。家具ってそれほど執着がないんだよね。自分の部屋なんて寝る時以外にいないし、ベッドの寝心地が良ければそれでいいっていうか」

元々、神無は自室で過ごす時間が少ない。大抵は誰かと会っているか、買い物に出かけてしまう。屋敷の中でも、居間にいることがほとんどだ。

御影が用意してくれたのは、アンティーク調の家具だ。やや古めかしさはあるものの、材質や作りがしっかりしていて、良いものだということは一見しただけでわかった。神無の趣味ではなかったが、取り換えるほどではないと思っていた。

「まあ、なんでベッドがダブルなんだって最初は思ったけど」

「広い方が使いやすいかと思って」

「そういう意図なんだろうなっていうのは、御影君の部屋を見てわかった」

御影が倒れた時、神無は御影の部屋に初めて入った。

その時、彼のベッドを手製のぬいぐるみが占拠していたのだ。型紙や布も溢《あふ》れていたし、ナイトテーブルには本が積み上がっていた。御影は基本的に、ベッドを物置代わりにもするし、色々なものを持ち込んでしまうタイプなんだなと思った。

「あの時は、恥ずかしいものを見せてしまったね。普段は、もう少し片付いているのだけど」

御影は、神無が自室を思い出していることを悟ったのか、気まずそうに微笑んだ。

「いや別に、あれくらい生活感があった方が安心するっていうか……。本当だったら整理整頓が出来るっていうのは、屋敷の中を見てもわかるから」

この屋敷、御影の部屋以外は、実に手入れが行き届いている。ところどころにあるさり気ない観葉植物も枯れている様を見たことがなく、窓の縁に埃《ほこり》が積もっているのも見たことがない。

「屋敷の掃除は、主にヤマト君がしてくれるから」

「ああ、成程。ヤマト君、勤勉だしね」

神無は納得する。

黒猫の執事であるヤマトは、猫の姿をしていながらもよく働き、御影に健気《けなげ》に仕えていた。

「つーか、なんでヤマト君は猫なの？」

「なんで、って？」

御影は不思議そうに首を傾《かし》げる。そんな彼に、神無は目を丸くしてみせた。

「いや、俺の方がおかしなことを言ってる風なのやめてくんない？　フツー、猫って喋《しゃべ》らないし二足歩行じゃなくない？」

「君の知っている普通は、飽くまでも、君にとっての普通なんじゃないかな」

「マジで？　猫が二足歩行してて服を着て執事やってるのって、御影君の中ではフツーなわけ？」

「『長靴をはいた猫』もいるくらいだし」

「あれは童話じゃん。ノンフィクションじゃねーし！」

神無は思わず大声を出してしまうが、そんな時、視界の隅に黒い影が過《よ》ぎった。

「あっ、ヤマト君……」

噂《うわさ》をすれば影が差すという言葉の通り、ちょうど、掃き掃除をしていたヤマトが居間にやって来たところだった。

猫の手は器用に箒《ほうき》を持ち、もう片手ではプラスチック製のちりとりを持っている。その姿を人形にしたら人気が出そうなくらい可愛《かわい》いな、と神無は思った。

「わ、わたくしがなにか……」

「いや、なんでもない。つーか、今の時代に箒とちりとりって……。ルンバ買ったら？」

俺が買おうか、と神無は御影とヤマトに提案する。しかし、ヤマトはぷるぷると首を横に振った。

「いいえ。やはり、人が心を込めて掃除をした方が綺麗《きれい》になるのです。お掃除ロボットに任せておけません」

「う、うーん」

人っていうか猫じゃん、というツッコミを、神無は呑《の》み込んだ。

「屋敷のことは、ヤマト君の好きにさせているよ。ヤマト君がルンバを欲したら、僕が可愛い子を見繕って来るし」

御影は、落ち着いた様子でそう言った。

「ふーん。この屋敷って、御影君がガンガン主導権を握っているのかと思ったけど、結構、ヤマト君任せなんだ」

「まあ、そのヤマト君が僕に任せてくれるから、僕の好みで家具を揃えてしまうのだけど」

「御影様にとって、住みよい屋敷にしたいので！」

ヤマトは背筋をピンと伸ばし、ハッキリとそう言った。

「成程ね。屋敷のこと、少しずつ分かって来たかも」

神無が御影に言いくるめられて屋敷に来てから、数ヵ月が経っていた。

だが、その間、様々なことがあり過ぎて、じっくりと自分が住んでいる屋敷について考えられなかったのだ。

「ん、待てよ」

「どうしました、神無様」

ヤマトは、宝石のように輝く猫の目で神無を見つめつつ、小首を傾げた。

「そもそも、この屋敷ってどうなってんの？　鍵があれば何処《どこ》からでもアクセスできるし、何処にでも繋がるし……」

「何処にでも、ではないさ。基本的には境界と繋がることになっているし、東京の外へは行けないからね」

「いや、それにしたって、充分なほど不思議だって」

御影が付け加えた言葉に、神無がツッコミを入れる。

「ふむ、何処から説明しようか」

御影は、ヤマトに目配せをする。それに対して、ヤマトは困ったように耳を伏せてしまった。

「えっ、なんか聞いちゃいけないやつ？」

神無は気まずそうにする。

「いいや。ついこの間まで一般人と同じ生活をしていた神無君に、どうやったら上手《うま》く伝わるかと思ってね」

「そんなに複雑な話なんだ……。いや、それもそうか」

池袋からも新宿からも渋谷からも屋敷に帰れる。逆に、屋敷から池袋や新宿や渋谷、代々木や六本木にも行けてしまう。

「っていうか、全然意識してなかったけど、使い方によっては完全犯罪も出来るんじゃね……？」

実行に移す気は全くなかったが、東京の何処にでも行けるのならば、厳重なセキュリティを突破して金庫や重要な機関に入れるのではないだろうか。

「それは難しいね。室内や敷地内は、概念上の隔離空間なんだよ。魔物は招かれないと家に入れないだろう？」

「魔物の知り合いがいないからよくわかんないけど、聞いたことある気がする」

「基本的には、外とされている場所にしか繋がれない。いきなり皇居の敷地内にお邪魔することも出来ないのさ」

「ふーん……」

一般人の常識では計り知れない力は、神無も持っている。

そして、やろうと思えば完全犯罪も可能だ。神無自身、無意識のうちにその力を使い、逃げおおせて来たのだ。結局、異能課が神無に行き着いたものの、意識して力を使っていたら、それすらもかいくぐれたかもしれない。

「あのさ、もしかして」

さっき潤したばかりだというのに、口の中が渇いていた。

咎人ならば、常識では計り知れない力を持っている。

そして、咎人になったら、自意識を保てず異形になる可能性もある。

だから、もしかしたら――。

神無の視線は、自然とヤマトの方へ向けられた。

しかし、ヤマトの目はローテーブルの上のティーセットに向いていた。

「あーっ、御影様！　また、わたくしに命じずご自分でお茶を淹れられたのですね!?」

ヤマトは、瞳がこぼれんばかりに目を見開く。黒い体毛なんて逆立っていた。

「ああ、すまないね。君には掃除をお願いしていたし、お茶くらいは僕が淹れるよ」

「いいえ！　わたくしをあんまり甘やかさないでください！　御影様は、わたくしが目を離すと何でもご自分でやってしまわれて……」

ヤマトは悔しそうにぷるぷると震えている。そんな姿を見ていると、神無の口元は自然と緩んでしまった。

「まあまあ。お陰様で、廊下も綺麗になったことだし、一緒にお茶でもどうだい？」

御影は座り直してヤマトのスペースを空け、ソファへと手招きをする。しかし、ヤマトは断固として首を横に振った。

「いいえ。まだバスルームの掃除があるので！」

「あ、ごめん。それなら俺がやったわ」

「神無様!?」

　ヤマトは更に目を丸くする。

「いや、だって、バスルーム使う回数は俺が一番多いし」

「神無君はシャワーを一日に何回も浴びるけど、何故《なぜ》？」

　御影が口をはさむ。実際、神無は基本的に朝と晩にシャワーを浴び、『仕事』から帰宅した後にも浴びる。

「若くて代謝が多めだから。っていうか、汗臭いの嫌いなんだよね、俺」

「成程。でも、利用時間なら僕の方が長いから、僕が掃除をすべきかもしれないね」

「御影君は長風呂し過ぎじゃない？　一時間入ってるとか、マジで心配になるから」

　御影は入浴の時間が長い。基本的に一時間は入っているし、長い時には二時間にもなる。

　遅い時間帯に入浴する時は、バスタブの中で眠っているのではないかと心配になって、神無はつい声をかけてしまう。

「最近は、君の声かけが楽しみになっていてね」

「クッソ、もう声かけしねー」

そんなやり取りをしている彼らの横で、ヤマトは愕然《がくぜん》としていた。

「つ、つまり、わたくしがバスルームを掃除するには、一日に二回以上入浴して、一時間以上滞在しなくてはいけないことに……」

「いやいや、掃除くらい分担してやろうぜ。っていうか、ヤマト君はもっとサボんなよ。ご主人様もこうして甘やかしたがっているし」

ね、と御影に同意を求めると、「その通り」と頷《うなず》いた。

「ヤマト君には充分お世話になっているしね。僕達にも君のお世話をさせておくれ」

御影はヤマトをそっと抱き寄せたかと思うと、慣れた動作で膝の上に座らせる。

ゴシック調の黒衣に身を包んだ美青年と、お仕着せをまとった黒猫。それだけでもう、童話の挿絵みたいだなと神無は思った。

「はわわわ！　御影様のお膝の上なんて、そんな」

「ふふっ、今日はここが君の特等席だよ」

慌てふためくヤマトを、御影が優しく、しかし、しっかりと抱きしめる。

「あはっ、そうなったらもう、御影君は離さないね。覚悟を決めて甘やかされたら？」

神無がヤマトの喉元をくすぐってやると、「身体が勝手にいいい」とヤマトはのけぞり、ごろごろと喉を鳴らしてしまう。

神無は、御影とヤマトとともにひとしきり笑い、ヤマトの分のカップを持ってくるべく席を立つ。

その頃には、屋敷の秘密はまた後で知ればいいと思っていた。きっとこの先も、尋ねる機会があるだろうからと。


高峰が指定した日は、翌日だった。

神無と御影は、池袋警察署へと向かう。池袋駅西口からすぐの、東京芸術劇場の隣だった。

「池袋の警察署ってここだったんだ。西口公園の近所じゃん」

警視庁池袋警察署と書かれた物々しいビルが、どっしりとした佇《たたず》まいで見下ろしている。やや治安が悪いと言われていた西口方面も、その一帯だけは引き締まった空気で満たされていた。

「かつてアウトローが多かったと言われていた西口公園も、今は綺麗に整備されているしね。以前ほど、治安は悪くないはずだよ」

「北口の方は結構アレだけどね」

神無は、歓楽街が固まっている北口方面を見やりながら、肩を竦《すく》めてみせた。

「お前達も呼び出されたのか」

聞き覚えがある声に、二人は振り向く。

「東雲《しののめ》ちゃん」

「やあ、ジャンヌ。君もかい？」

「ああ、そうだ」

そこには、ライダースーツをまとった黒髪の女性——東雲が立っていた。彼女の愛刀は、刀袋にしっかりとしまわれている。

「すぐに抜刀出来ない状態でないと、銃刀法違反になるからな」

東雲は、神無の視線に気づいて刀袋を見せた。

「いや、刀袋に入れて許されるのって、模造刀じゃなかったたっけ……」

「まあまあ。君も刃渡り六センチメートルを超えた得物を持っているじゃないか」

御影は、神無と東雲の肩をポンと叩《たた》く。

「俺らが捕まったら、保釈金よろしく……」

神無は何とも言えない表情で、御影のことを見つめ返した。

「お前達。そんなところでじゃれ合っていないで、早く中に入ったらどうだ」

三人の前に、眼鏡をかけた長身の男——高峰が現れた。彼は足が長いので、大股で歩くと簡単に距離を詰められる。

「失敬。話が弾んでしまって」と御影はにこやかに迎える。

「会議室の窓からお前達の姿を見かけたから待っていたんだが……」

「で、お出迎えに来てくれたってわけ？」と神無は悪戯《いたずら》っぽく問う。

「違う。進路妨害をしている異物を取り除きに来たんだ！」

高峰は、御影と神無の首根っこを摑《つか》み、そのまま引きずって行こうとする。東雲が背後を振り向くと、そこには、異様な雰囲気の三人を見て腰が引けている一般人数名がいた。

「なんだ」

「アッ、イエ、引っ越したから免許の住所を変更したくて……」

「そうか。行け」

「ハイッ！」

東雲が道を譲ると、待っていた人々は腰が引けたまま逃げるように警察署の中へと消えて行った。

「君も善良な市民に構っていないで、さっさと我々と来るんだ。ここは彼らの世界であって、我々の世界じゃない」

「それもそうだな……」

東雲は神妙な面持ちで、高峰の後に続く。神無と御影もまた、姿勢を正して高峰に従った。

「てっきり、霞《かすみ》が関《せき》に呼ばれるのかと思った」

署内の階段を上りながら、神無は呟《つぶや》く。

「お前達を我々の本拠地に入れるわけにはいかない、ということだろうな」

先導する高峰は、振り返らぬまま言った。

「その口ぶりだと、池袋警察署を指定したのは高峰サンじゃなくてお偉いサン？」

「いや、池袋を指定したのは私だ。お前達が主に、池袋で活動していると知っていたからな。だが、霞が関を許可しなかったのは上の判断だ」

「まあ、そうだろうね。僕達が牙を剝《む》かない保証もないわけだし。僕が彼らの立場でも、同じことをするだろう」

御影は納得したように頷いてみせる。

「我々は、信頼に値する存在でもないしな」

東雲は刀袋を背負いつつ、静かに目を伏せた。

「いや」

その言葉を、高峰が否定する。

「私はその——お前達は信頼出来ると思うし、信頼したい。と言っても、私も同じ穴の狢《むじな》だが……」

「高峰……」

東雲は、高峰の背中を見つめる。その隣で、神無は肩を竦めた。

「まあ、高峰サンはお人好《ひとよ》しな方だから」

「ピアス穴じゃなくて風穴を開けてもいいんだぞ……」

高峰がねめつけると、神無はついと目をそらしてしまう。「しょうがない奴《やっ》らだな」

とあきれながらも、東雲の表情が少し緩んだ気がした。

何階分か階段を上り、廊下の奥へと向かうと、小ぢんまりとした会議室があった。

高峰は「連れて来たぞ」と声をかけると、三人を中へと促す。

「あっ、皆さん！　こんにちは！」

律義にぺこりと頭を下げたのは、まだ新しいスーツに身を包んだ若い女性——纏《まとい》だった。

東雲も倣うように頭を下げ、神無は「どーも」と軽く手を挙げる。一方、御影は、

「再びお目にかかれて光栄だよ、プリンセス」と恭しく一礼した。

「プ、プリンセス……!? ど、どういう意味ですか？」

纏は王子さながらの御影の仕草に、ぎょっとする。

神無も一瞬だけ意味を量りかねたが、東雲をいまだにジャンヌと呼んでいることを思い出して全てを察した。

「あー、御影君は比喩表現が好きだからさ……。東雲ちゃんは正義に燃えてるからジャンヌ呼びだし……」

纏は、東雲を見つめて納得顔だった。

「確かに、英雄のジャンヌ・ダルクみたいな方ですもんね。でも、私はお姫様みたいに華やかでもないし……」

「いや、そんなことはないと思うけど……」

纏は控えめではあるが、上品な美人だ。華奢《きゃしゃ》な体軀《たいく》も相俟《あいま》って、庇護《ひご》欲を掻《か》き立てられる。

しかし、御影が意図しているのがそれでないことを、神無は知っていた。

御影はかつて、纏を『清姫《きよひめ》』に喩《たと》えていた。

清姫というのは、自分の純情を弄んだイケメン僧を追いかけ、大蛇になって嫉妬の炎で焼き殺したという女性の名前である。しかも、纏は感情を制御出来なくなって蛇身になったこともあるし、嫉妬心を引き金にして異能を発動させることが出来るので、妙に的を射たあだ名だった。

「君のように、情熱的な感情で身を焦がす女性がいてね。彼女から取っているのさ」

御影は笑顔のまま、さらりと説明した。

「そ、そうなんですか？　なんだか、私には不相応な呼び方ですけど……」

「気に入らないのならば、もっと君に相応《ふさわ》しい名前を考えようか」

「いえ、そんな……！　そこまでして貰《もら》うのも悪いですし、御影さんの好きなように呼んで下さっていいです」

切っ掛けさえなければ、纏は押しの弱い普通の女性だ。御影に、あっという間に丸め込まれてしまう。

「物は言いようだな……」

神無は、言葉巧みな御影を感心しながら眺めていた。

「で、メンバーは一通り揃ったと思うんだけど」

気持ちを切り替え、神無は御影と東雲、そして、高峰と纏を見やる。

　そして、部屋の奥にいるもう一人の人物も――。

「あんたは誰？　警察のヒト？」

　部屋の奥には、スーツを着崩した若い男が立っていた。男は気だるげに視線を返すと、にやりと口角を吊り上げる。

「そういうこと。異能課の五十嵐《いがらし》だ。ああ、あんたらの自己紹介は要らないぜ。俺はもう、資料で知ってるから」

　五十嵐は、手をひらひらと振った。

「関係者でない異能課のメンバーを一人、監視につけることを命じられていてな。すまないが、五十嵐も同席させてもらう」

　高峰は、神無達に向かって頭を下げた。

「いや、頭なんて下げなくていいし。まあ、そりゃそうだねってカンジだから」

「まあ、俺は壁に貼られている交通安全のポスターとでも思ってくれ」

　五十嵐は壁に寄りかかったまま、特に干渉しないと言わんばかりに目をつぶった。

　本心がわからない。

　不気味な奴だな、と神無は警戒するが、それは御影と東雲も同じようだった。彼らから、ピリッとした緊張感が伝わってくる。

「あ、あの、五十嵐さんは悪い人じゃないです。よく分からない人ですけど……」

場が不穏になったのを察した纏が、両者の間に割って入る。

「フォローになってないぜ、お嬢ちゃん」

五十嵐はククッと笑った。

「すいません……」

「謝ることじゃねぇよ。俺も異能課ってことは、ここの連中と同じ札付きさ」

つまりは、咎人。

五十嵐は異能を持っており、いざ、高峰らが警視庁に反旗を翻した時の保険となるということか。

神無は警戒を解かず、注意深く五十嵐を見つめる。だが、今のところ弱点と思《おぼ》しきものは見当たらない。戦い慣れしているな、と神無は判断した。

「ほらほら、およしよ」

神無の視界を手で塞いだのは、御影だった。

「君の異能はあちらに知られていると言っていただろう？　そんなに殺気剥き出しで見られていたら、気分が悪いだろうし」

「……まあ、そうか」

宣戦布告をしていない相手に銃口を突きつけるようなものだと、神無は納得した。

神無の『暗殺』の異能の一つに、相手を確実に殺すための弱点が見えるという能力がある。だから、被害者の息の根を効率よく止め続けられたのだ。

神無にとって、忌むべき力だった。しかし、その力を応用したお陰で、蛇身と化した纏を元に戻すことも出来た。

五十嵐は目をつぶったまま、交通安全ポスターになることを決めたかのように気配を殺す。

高峰は彼に頷き、会議室に並べられた席に皆を座らせて、自分は正面に置かれたホワイトボードの前に立った。

「獅堂八房《しどうやつふさ》——狭霧の件でお前達を呼んだ」

狭霧の名が挙がった時、室内は再び緊張感に包まれた。

神無もまた、己が自然と拳を握りしめたことを自覚する。

狭霧は、御影が双子の弟である刹那を蘇《よみがえ》らせるために編んだ反魂《はんごん》の術を、御影自身が破棄しようとしていたにも拘《かかわ》らず完成させ、刹那を蘇らせてしまった。

その結果、御影の意識は抑え込まれ、暴走した刹那を神無と東雲が止めることになったのである。

その最中、狭霧を追ってやって来た高峰と纏に合流した。

そして、あろうことか、狭霧は都内にある病院の霊安室から遺体を勝手に持ち出して、操っていたのである。

狭霧とぶつかり合う時に、神無達も狭霧が操るリビングデッドに遭遇していた。その時の遺体は全て、御影が火葬したのだが――。

「これ以上、狭霧の凶行を許してはならない。ご遺体を勝手に操って戦わせるなんて、もってのほかだ。それに、奴は咎人。こちらの立場としては、何としてでも逮捕しなくてはいけない」

だから、協力して欲しい。

それが、高峰の――いや、警視庁側の要請だった。

「確かに、人道的に許されざる行為をしているというのは理解が出来る。だけど、何故、彼がご遺体を集めているのか。彼がどうして咎人になったのか。君達が知りうる限りの情報が欲しいものだね」

被害者の一人である御影は、パイプ椅子に深く腰掛けたまま冷静に問う。

それには、高峰も頷いた。

「順を追って話そう。奴は、元々はこちら側の人間だった」

「マジで……!?」

神無が思わず声をあげる。御影と東雲もまた、眉をひそめた。

「だからこそ、本名を知っていたわけだね」

「ああ。狭霧は行方を晦《くら》ませてから、警視庁がずっと探していた人物だった。奴は、プロトタイプの異能課――捜査0課だった」

つまりは、異能課が出来る前に作られた部署なのだろう。

「捜査0課ということは、刑事部の管轄だったわけだね。異能課は、独立した部署のようだけど」

御影は納得したように相槌《あいづち》を打った。

独立した部署になった理由は、0課自体が試験的に組まれた部署であったのと、刑事部では異能使いは手に負えないと匙《さじ》を投げられたためだった。

「異能使いの部署、ねぇ……。異能課が出来る前から、警察は咎人を使ってたっていうわけ?」

神無は怪訝《けげん》な顔をする。

それに対して、高峰の返事は「いいや」だった。

「咎人というよりは、異能を持つ者を集めて作ったそうだ」

「ってことは、咎人以外にも異能使いがいるってことになるけど」

首を傾げる神無に、御影が答えた。

「異能を持っているのは、なにも、罪を犯して人の道を外れた者だけじゃない。一般的に超能力と呼ばれている力を持つ者や、魔法使いと呼ばれる者も含まれているということさ」

「魔法使いって、御影君みたいな……」

「僕は咎人。咎《とが》によって、魔法のような異能を得た元一般人というところかな。生まれながらにして魔法を使う才能を持った者がちゃんといて、彼らは訓練することで魔法使いになれるのさ。彼らからすれば、僕は禁忌を犯して魔法を得た、外法《げほう》の術者ということになる」

「マジか。魔法使いって本当にいるのか……」

神無は固唾を呑んだ。

「実在する魔法使いならば、君も会っているさ。先生がそれでね」

「時任《ときとう》サンが？」

神無と同じく、時任に会ったことがある東雲も目を丸くした。

「そう。彼は魔法使いの家系に生まれた正規の魔法使いなんだよ。彼が見せた異能のほとんどは、咎によって得たものじゃない」

「マジか。魔法業界ってあんなのがウョウョしてるわけか……」

「まあ、彼は咎によって飛躍的に能力を向上させているから、あのレベルの魔法使いは稀有《けう》だよ。昔は戦争で活躍したようだけど、大半は彼らを恐れた者達に、悪魔の手先として処刑されてしまったようだし……」

御影は、そんな彼らを悼むように目を伏せる。時任が言うには、迫害を逃れた者達は、その力を大っぴらに揮《ふる》うことなくひっそりと暮らしているという。

「いつの時代も、力がある者は恐れられるんだな……」

東雲は遠い目だった。

「誰だって、自分に分からないものや異様に優れたものを怖がるからね」

御影は東雲に応じ、高峰に視線を戻した。

「魔法使いの歴史はさておき。クロウリーもまた、先生に才能を買われたということは、元々魔法使いだったか、魔法に精通していたのではないかな？」

「……その通りだ。奴は魔術や呪術に造詣が深く、儀式めいた事件の捜査を担当していた。術も少しだけ使えたようだな。君のほど露骨で派手ではないそうだが」

「その頃は、咎人ではなかったのかい？」

「報告では、咎人ではなかったとされている」

高峰はホワイトボードにマーカーを走らせ、狭霧の情報を時系列でまとめ始めた。

「警察の捜査は、基本的に二人一組で行っている。狭霧は、彼と同じく魔術や呪術に精通した『枇々木《ひびき》』という人物と組んで行動することが多かった」

神無は、高峰と纏を交互に見やる。

狭霧と相対した時は、この二人で組んでいたし、纏と対峙《たいじ》した時、高峰は一課の秋山《あきやま》と組んでいた。恐らく、壁に寄りかかったまま気配を殺している五十嵐とも、組むことがあるのだろう。

「しかし――」

高峰が話し続けたので、神無は意識を戻す。そこに続いたのは、衝撃的な言葉だった。

「枇々木は殉職した。事件の犯人と交戦中、狭霧を庇《かば》って頭部に重傷を負って……」

即死だったそうだ、と高峰は嚙《か》み締めるように言った。

「それは、むごいな……」

東雲は言葉を失い、事前に聞いていたであろう纏もまた、悲しそうにうつむいた。

「事件解決後、枇々木を丁重に弔い、火葬をしてから埋葬した。その頃には、狭霧と連絡がつかなくなっていた」

相棒を喪《うしな》い、悲しみに暮れていたのかもしれない。

普通ならば、そんな想像をするだろう。

だが、狭霧の凶行を知っている神無は、嫌な予感しかしなかった。

「数日後、枇々木の墓は荒らされていて、骨壺《こつつぼ》が盗まれていた。当時の三課が捜査を進めた結果、行き着いたのは狭霧だった」

枇々木の骨壺は、都内のマンションの一室に持ち込まれていた。その部屋には、行方を晦ませた狭霧と、切り刻まれた複数の遺体が保管されていた。

切り分けられた遺体は、ジップロックの中に分けられていた。三課の捜査員は動物の肉かと思ったらしいが、そこに人間の歯を見つけてゾッとしたという。

当初の狭霧の証言は、こうだった。

「枇々木の——脳は回収してあるんだ。あとは、肉体を再生させなくては——。素材を解体しているうちに、素材の動かし方がわかってきた。だから、コツさえつかめば、きっと——」

それを聞いた神無達は、口を噤《つぐ》んで沈黙していた。

神無は背中に、じっとりとした汗が滲《にじ》んでいるのに気づく。

素材とは、遺体のことだろう。あの男は、生きていたはずの人間を、物のように解体していたというのか。

神無は犠牲者を切り裂いて『探しもの』をしている時、一度たりとも彼女らを物だと思ったことはなかった。人との繋がりに飢え、人の温《ぬく》もりを求めて刃を突き立てていた。

狭霧の感覚は、神無には理解が出来なかった。

東雲もまた、己の感情を抑えるように歯を食いしばっていた。

彼女も人の罪を憎み、人に対する怒りを以《もっ》て人を斬っていた。

御影も、纏も、高峰も。結果的に凶行に走ったとはいえ、相手を人だと思ってのことだった。

人を物だと思っているからこそ、狭霧は「人殺し程度」と言えるし、それを聞いた神無は怒りを感じたのだ。

「遺体を蹂躙《じゅうりん》したことがきっかけで咎人になった――という流れのようだね」

御影の言葉に、神無の意識は現実へと引き戻される。

「ああ。こちらもそう睨《にら》んでいる。素材の動かし方がわかってきた、と言っていたことだしな。怯《ひる》んだ三課は逃走する奴を逃してしまい、それから行方知れずとなっていた」

　まさかこんな形になっているとは、と高峰は眉間を揉む。

「彼の能力は『屍体操術《したい》』。いわゆる、ネクロマンシーという能力だろうね。魔法使いの中では禁忌の術とされていて、厳格に制限されているんだ。先生も手を出さなかったようだし」

「そっか。時任サンが操っていたのは、空っぽの鎧《よろい》だしね」

　初めて時任の城に乗り込んだ時のことを思い出す神無に、「そういうこと」と御影は頷いた。

「そして目的は、『枇々木』なる人物の復活というところかな。僕と刹那で反魂の術の実験をしたことだし、最終段階に入っているかもしれない」

「っていうか、あいつ、御影君にまだ執着してなかった？」

　何としてでも欲しい、と狭霧が言っていたことを思い出す。御影は、眉間に皺《しわ》を深く刻み込んだ。

「僕の『元素操作』は、どうやら使い勝手が良いようでね。それゆえに、先生も僕を離そうとしなかった。死者蘇生《そせい》に僕の異能が欠かせないのだろうけど、詳細までは分からないな」

「いや、そこまで分かってればよくない？　要は、御影君が手を貸さなきゃ狭霧も困るわけだし」

「そうだね。残念ながら、僕は彼に力を貸せない。大切な人を亡くしたことは同情するけれど、彼が切り刻んだ死者もまた、誰かの大切な人だったのだから……」

御影も、大切な人を喪失する苦しみを味わったことがある。だからこそ、狭霧にも同情出来るのだろうし、狭霧の被害者の遺族の辛さも理解が出来るのだろう。

「大切な人が死んで悲しいっていうのに、その大切な人が操られたり切り刻まれたりしたらサイアクだしね……」

もし、神無にとって大切な御影や、友人達が同じ目に遭ったらと思うと、胸の奥がぎゅっと苦しくなった。

死者を守ることも、生きている人を守ることに繋がる。死者の安息が、生者にとって心の救済に繋がるのだ。

「御影。君が良ければ、我々が護衛につくことも可能だが」

高峰はそう言って、纏に目配せをする。纏もまた、力強く頷いた。

「気持ちは嬉《うれ》しいけど、僕の拠点は特殊な結界の中にあってね」と御影は首を横に振る。

「では、侵入は不可能ということか……」

「一応、ある程度はセキュリティが高いね。とはいえ、クロウリーはこちらよりも一枚上手かもしれない。家の者に相談してから、君達に頼むかも」

「了解した」

高峰は、深々と頷いた。

「家の者って、ヤマト君？」と神無が耳打ちをして尋ねる。

「ああ。複数人で警護となると、ちゃんとした手順を踏まないといけなくてね。多少手間はかかるけど、念には念を入れた方がよいから」

「まあ、そうか……」

俺がいるから、護衛なんて要らなくない？

そんな一言が出て来そうになったが、神無はぐっと呑み込んだ。

狭霧が一枚上手かもしれないという意見は同じだったし、墓地でも狭霧にしてやられている。神無の小さなプライドよりも、御影の無事の方が重要だった。

「いや、警護ならば私が。警察は狭霧を追わなくてはいけないのではないか？」

東雲の指摘に、高峰は頭《かぶり》を振った。

「狭霧が御影に狙いを定めているのならば、彼のそばで待ち伏せをした方がいい」

「囮《おとり》というやつか」

「厳重に守った上での、な」

囮という言葉に嫌な顔をする東雲に、高峰は念を押すように言った。

「実際、頻繁にあったご遺体の盗難はぱったりと途絶えている。その上、奴が拠点としていそうなところを探してみたが、残念ながら空振りだった」

「やれることはやり尽くしている、ということか……」

「池袋に拠点がありそう、というところまでは突き止めたんですけど……」

高峰と東雲のやり取りに、纏が恐る恐る声をあげる。

「池袋に？」と目を丸くしたのは、神無だった。

「は、はい。ご遺体が盗難された病院は複数あったんですが、それらのパターンを解析した結果、池袋を拠点にしているという可能性が高かったんです。とはいえ、狭霧さんは元警察官なので、攪乱《かくらん》させる術《すべ》も知っているわけですが……」

「それか、彼も結界の中に潜んでいる可能性がある」

自信なげにうつむく纏に、御影が新たなる可能性を投じた。

「無知で申し訳ないんですけど、結界ってどんなものでしょう……」

纏は、おずおずと御影に問う。

「申し訳ないと思うことはないよ。君はこちら側の世界に来て日が浅いし、どんどん聞いてくれて構わないから」

御影はやんわりと慰めるように言って、結界の説明をしてくれた。

「結界には様々な種類があるけれど、今話題にしているのは、外部からの情報、もしくは内部からの情報を遮断する隔離空間のことだね。結界は異なる次元で構成されていて、こちら側の物理法則は必ずしも当てはまらないのさ」

神無は、自分達が住んでいる屋敷を思い出す。

屋敷は確かに、隔離された場所にある。

自分達が招かなければ来客も現れないし、都心の喧騒《けんそう》も聞こえない。実に静かな場所だった。

時任の城も、特別な手順を踏まなくては侵入出来ない。あれも、結界の中に存在しているのだろう。

「……御影君の屋敷みたいなのだとしたら、どうやって入るわけ？　手順を知らないとお手上げじゃない？」

「そう。お手上げなんだ」

御影はさらりと言った。

「結界は基本的に、招かれざる客は入れない。綻びがないわけじゃないけど、見つけるのは困難でね。だから、こちらから攻めるよりも、僕が囮になった方が現実的なんだよ」

「まあ、そうだろうけどさ……」

「君が僕の身を案じてくれるのは嬉しいよ。有り難う、神無君」

御影は、包み込むような微笑を神無に向ける。

卑怯《ひきょう》だ、と神無は思った。そんな顔をされたら、何も言えなくなってしまう。

「囮作戦を行うなら、僕は屋敷の結界の外にいた方が良いかもしれないね。出来るだけ彼に見つけて貰えるようにしよう」

「それは助かるが、いいのか？」

高峰の問いに、御影は笑顔のまま答えた。

「勿論《もちろん》、見返りも頂けると嬉しいけどね。僕達が咎人で、警察から目こぼしを受けているとはいえ、相応の報酬も頂きたいものだ。僕達が協力することで、警察はクロウリーを逃したという不祥事を隠すことが出来るのだから」

「くっ……。それもそうだな。掛け合ってみよう……」

高峰は苦々しい顔で了承し、壁に寄りかかって話を聞いていた五十嵐は、「ふはっ」

と噴き出して笑った。纏は目を瞬かせ、虚を衝《つ》かれたように御影を見ている。

神無と東雲はぎょっとした顔をしていたが、御影はどこ吹く風だった。

「君達は、水や霞だけで生きられるわけじゃないんだ。生活のために報酬を要求するのは間違ったことじゃない。困窮すれば生活も立ち行かなくなるし、そうするとまともな贖罪《しょくざい》を出来なくなるからね」

「まともな贖罪って、咎人としての異能を使って……？」

神無の問いに、「そう」と御影は頷《うなず》いた。

「贖罪の手段は、能力を活かして困っている人を助けることに絞って、あとは普通に暮らすことを心がけるべきだよ。そうでなくては、いざという時に救いたいものが救えなくなってしまうかもしれないから」

御影はそう言い切って、あとは口を出さなかった。

だが、御影に反論する者は、その場には誰もいなかった。


一通りの方針は決まった。

高峰は、報酬と御影の囮作戦について上に話を通すとのことだった。実際に決行するのは、もう少し後になりそうだ。

「もどかしいな」

警察署を後にした神無は、口を尖《とが》らせる。

「まあ、彼の目的が死者の蘇生だとして、何処まで儀式が進んでいるかが問題だね。そもそも、僕で死者蘇生の術を試したものの、彼が求めるデータが得られたのかどうかわからないし」

「御影君は、ちょっと特殊だったしね」

御影の眼帯の下には、刹那の眼球が眠っている。

御影のみならず、刹那もまた咎人と化して御影と同化していた。その上、彼らは一卵性双生児であって親和性が高く、兄である御影の器は刹那の器になる資格もあった。更には、御影は刹那の肉体を取り込んでいたので――。

「そう。刹那は本人の肉体がなくても蘇ることが出来た。だけど、『枇々木』なる人物の肉体は灰になってしまっている……」

「だから、肉体を作るためにご遺体を集めてたってこと？」

「恐らくね。クロウリーなりに、条件に適合する部位を集めていたのだと思う。仮に、僕の『元素操作』を利用して肉体を構成するにしても、単純に原材料を集めるよりは、ある程度、人の形を保っていた方が確実だろうしね」

「待って」

御影の言葉を、神無が遮った。

「御影君の異能で、そんなことが出来るわけ？」

「ああ」

動揺する神無に対して、御影はあっさりと頷く。

「現代科学に則《のっと》った概念を利用し、精密な構成を編めば可能だよ。人間は六割が水で構成されていて、他は、炭素や酸素、水素や窒素やカルシウム。あとは、燐《りん》やカリウムなどかな。それらを揃えれば、理論上、僕の異能で人間の肉体を作ることが可能なんだ」

「……マジで？」

「やったことはないけどね。人体の構成は複雑だから、今の僕には非常に難解だし」

「その……」

神無は言いよどむ。すると、御影は彼の心を見透かしたように言った。

「利那を呼び戻そうとした時に、その手段が過ぎったこともあったよ。でも、何処からか調達してきた原料で作ったとしても、それは利那じゃない。見た目が利那と同じというだけの肉人形に過ぎないのさ」

御影は、自身の臓物をなぞるように腹部を撫《な》でる。かつて、スープになった刹那が通った場所だ。

「それを新たなる肉体と割り切って、本人を呼び戻すには、魂がなくてはいけないんだ。僕は、刹那の魂はともにあると思っていたけれど、実際は、どうなんだろうね」

どうなんだろう、というのは魂の所在についてだ。刹那はほぼ死んでいると言っても過言ではない状態で生きていて、御影の中に意識を沈めていた。

「そもそも、魂ってあるわけ？　俺達が考えたり感じたりって、基本的には脳みそでやってるんじゃないの？　まあ、手や足だって身体の一部だし、全部揃ってこその人格なのかもしれないけど」

臓器を移植して性格が変わってしまったという人もいるようだし、脳が全てとは言えない。だが、肉体が全てだと神無は思っていた。

「現代的な考え方で、的を射ていると思うよ」と御影も同意する。

「狭霧は、脳みそを回収してるみたいだし」

「凄絶な現場だったんだろうね。だからこそ、損傷は大きいだろう。まともに使えるとは思えない。だけど、刹那の眼球のように核になるかもしれないね」

「……気持ち悪いな」

神無は渋面を作る。

「そうかな。一部を回収するのは、愛がなせる業だと思うけど」

「いや、狭霧のやろうとしてることが分からないってところだって。動機や目的はハッキリしてんのに、細かい動きが分からないのが気持ち悪い」

御影はさらりと愛を口にしたが、狭霧にもそういう感情があったのだろうか。

相棒としてなのか、友人としてなのか、家族のようなものなのか、それとも、もっと異なる愛情なのか。よほどの執着がないと、出来ない行為だ。

「『強欲』だね」

御影は屋敷の鍵をとり出しつつ、ポツリと呟く。

「時任サンが、狭霧に当てはめようとした大罪か……」

「欲しいもののためならば、手段を選ばない。それがたとえ、なにを犠牲にしても。そんなところが、『強欲』を冠するのに相応しいと思ったのさ」

二人で路地裏にスッと入り、境界へと踏み込む。

「いや。これ以上、犠牲者は増やさないから」

「それは僕も同感だ」

一歩踏み込めば、そこは屋敷の門の前だった。

廃墟《はいきょ》のように古い屋敷と、手入れがよく行き届いた庭園が二人を迎える。

「ん？」

「どうしたんだい、神無君」

「いや。なんか変な感じ」

強烈な違和感に襲われる。

その正体を探ろうと、神無は意識を集中させた。首筋がちりちりと熱を帯び、聖痕《スティグマ》が疼《うず》くのを感じる。

神無の『暗殺』の異能は、相手の弱点を探るだけではない。隠れているものの気配も、探れるようになっていた。

「気配が、多い」

「……行こう！」

神無が言うや否や、御影は門をこじ開けて走り出した。神無も御影を守るべく、並ぶように走る。

玄関を開くと、吹き抜けの階段が二人を迎えた。

そして、その二階には招かれざる客が――。

「狭霧！」

「クロウリー！」

あの暗い瞳の、重々しいコートをまとった男が立っていた。その腕に、鋭利なナイフと黒猫の執事を抱えて。

「ヤマト君……！」

「も、申し訳ございません……」

ヤマトの小さな身体は、狭霧の腕にしっかりと抱えられ、その喉元にはナイフの切っ先が向けられていた。少しでも身をよじれば、無慈悲なナイフがヤマトの柔らかい毛皮に傷をつけると言わんばかりに。

「墓地で君と接触した際、服に魔力でマーカーをつけていてね」

狭霧は、御影を見つめながら言った。

「それを辿《たど》ったということかい。随分と、準備がいいことだね」

「念には念を入れるのが俺の性分でね。この手の結界は、境界を越える時に綻びが生じやすい。そのタイミングを把握していれば、いくらでも侵入出来る。特に、結界の主の気持ちが外に向いている時は」

それで、二人が外出している時を狙ったという。

「そうか。結界を張って屋敷を維持していたのは、ヤマト君だったのか……」

神無の予感は的中してしまった。

ヤマトには異能があり、その異能がこの屋敷を維持していたのだろう。御影がそのことを話すのに準備が必要だということから、恐らく、ヤマトも咎人なのだ。

だが、今重要なのは、そんなことではない。

「ヤマト君を離せ！」

神無は、苦悶《くもん》の表情を浮かべるヤマトを見かねて叫んだ。

すると、その言葉を待っていたかのように、狭霧がほくそ笑む。

「いいだろう。その代わりに、御影永久《とわ》を差し出せ」

「は……？」

神無は、自身の血がカッと頭に昇るのを感じた。理性より先に、殺気が身体の奥で膨れ上がる。

しかし、御影がそれを制した。

「それは、君が僕を拠点に案内するということでいいのかな？」

「その通り。ただし、一人で来てもらう。相方は駄目だ」

「御影君……」

一歩踏み出す御影に、神無が追いすがろうとする。しかし、御影は神無に目配せをした。

「大丈夫。君は、スマホで高峰君達に連絡を」

「あっ……」

御影は、敢えてスマホを強調した。神無は一瞬、それに戸惑いもしたが、すぐに言わんとしていることを理解した。

御影は両手を上げ、投降の姿勢で階段を上る。

手を伸ばせば届く距離までやって来ると、狭霧はヤマトを離し、強引に背中を押した。

「わわっ、御影様……」

よろめきながらも、ヤマトは泣きそうな顔で御影を見上げる。御影は穏やかに微笑み、「大丈夫」と言った。

「君は留守番をしていて。いつ、僕が帰って来ても良いように」

「は、はい……！」

頷きながらも、ヤマトは不安そうな顔のままだった。

「さて、ずいぶんと余裕だな」

狭霧は御影の細腕を掴むと、グイッと引き寄せる。

「悪いね。元々、こういう感じなんだよ」

「まあいい。俺も余計な手間をかけたくなくてね。もう少しで、全てが始まる」

「始まる？」

御影と神無は、怪訝な顔になる。しかし、狭霧は答えることなく、ぱちんと指を弾《はじ》いた。

狭霧を中心に、ざわっと何かが拡がる。それは闇のようでいて、悪寒にも近く、生理的嫌悪感から思わず目を背けてしまう。

神無が目をそらした一瞬で、御影と狭霧の姿は消えていた。

「御影様！」

ヤマトはよろよろと、御影がいた場所にすがりつく。神無は階段を駆け上がり、ヤマトの小さな肩をポンと叩いた。

「安心して、これも作戦のうちだから」

「作戦……？」

ヤマトの大きな瞳は、涙で潤んでいた。神無は溢れる涙をハンカチで拭ってやりながら、ヤマトに説明をする。

「御影君と俺のスマホ、互いにGPSで位置情報が分かるようになっているんだ。万が一の時のためにね」

御影が刹那に乗っ取られた時、彼は携帯端末を持って行かなかったので、位置情報が分からなかった。

だが、今回は違う。神無はアプリを起動させ、御影の現在位置を確認した。

「ほら、ここ」

「池袋の、サンシャイン60……？」

ヤマトが言うように、御影の現在位置は神無も見覚えがある場所だった。サンシャイン60の施設の一角である。

しばらく動向を追っていた神無だが、突然、その反応は消えた。アプリを再起動してみたが、御影の現在位置は表示されない。

「消えてしまいましたね……」

「俺はあんまり詳しくないんだけどさ、結界っていうやつの中に入ると、GPSが使えなくなるんじゃない？」

神無の指摘に、心配そうだったヤマトはピンと耳を立てた。

「確かに……！　地図にない場所に行くわけですから」

「じゃあたぶん、さっきの場所が結界の入り口だ。拠点がサンシャイン60だったから、スペイン階段を待ち合わせ場所に指定したんだな、あいつ」

楽しやがって、と神無は毒づいた。

「しかし、結界を破るのは……」

「東雲ちゃんの異能が使えないかなって思って。結界ってたぶん、魔のものじゃない？　東雲ちゃんの異能は『退魔』で、狭霧に操られてるリビングデッドをばっさばっさ斬ってたから」

「……『退魔』。確かに、魔の領域と呼ばれる場所を使っているので、効く可能性はあるかと……」

自分の結界が斬られるところを想像したのか、ヤマトはぷるりと震えた。

「じゃあ、決まりだ。高峰サンに召集かけてもらう。結界をこじ開けて、御影君を救助して、狭霧のすかした顔面をぶっ飛ばす！」

「神無様、どうかご無事で……」

不安そうに見上げるヤマトの頭をわしわしと撫でてやり、「りょーかい」と神無は踵《きびす》を返す。

そう。御影が突然いなくなった時とは違い、今度は居場所も分かるし、相手の目的も分かっている。
だが、狭霧が御影をどう使って何をさせようとしているのかが分からない。
そのことだけが、神無の心に暗雲を漂わせていたのであった。

2

Criminal Stigmata

クロウリーの策略と囚われのカイン

神無《かんな》の連絡に、高峰《たかみね》がすぐに動いた。

神無がサンシャイン60までやって来るタイミングで、東雲《しののめ》が現れ、高峰と纏《まとい》が警察車両で合流した。

休日なので、サンシャインの前は人通りが多い。友人同士で観光に来たと思しき人達や、カップルやファミリーでごった返している。そんな中でも、サンシャイン内のオフィスへと消えて行くスーツ姿の人達もいた。

「屋敷に潜入されたというのは本当か？」

通行人の目から逃れるように、比較的人通りが少ないオフィスのエントランスに入ったところで、東雲が神無に尋ねた。

「……ああ。仕組みはよく分かんないけど、御影《みかげ》君に魔法で発信器みたいなのをつけてたみたいだ。それで、屋敷までの道のりが分かったっぽい」

「境界を使っているとはいえ、安全とも言い切れないからな。一般人の知りうるものではないが、魔に精通している者にとっては日常的な通り道だ」

「東雲ちゃんも、境界使ってんの？」

「いいや。私は魔を斬る者として知識があるだけだ。私に戦い方を教えてくれた師が教えてくれてな」

「ふぅん。東雲ちゃんの師匠ね。超気になるから、後で教えてくれる？」

「鬼神のごとき強さの剛毅《ごうき》な御仁《ごじん》で、羊羹《ようかん》に目がない。としか言えないな」

東雲はさらりと説明を終えると、周囲を見回す。

広々としたエントランスには受付があったが、休日のためか係員はいなかった。

並べてあるソファの上では、よれよれの服を着た年配の男性が爆睡している。すぐそばのエレベーターホールには、着飾ったご婦人方が消えて行った。

「GPSの反応が消えたのは、この辺だ」

神無は携帯端末を眺め、自分の位置情報が御影の最後の位置情報と一致することを確認する。

「この辺りに、その、境界というやつがあるということか……」

高峰は眼鏡を中指で持ち上げ、目を凝らしてみせる。ただでさえしかめっ面なのが、更に強面《こわもて》になってしまった。

「専門店街じゃなくて良かったですね……。あそこだと、人通りが多いですし……」

纏は、気まずそうな顔でトランクケースを引きずっていた。きっとその中には、彼女の得物であるチェーンソーが入っているのだろう。

「確かに。でもまあ、こっちはこっちで、確認すべきところが六十階分あるんだけど……。いや、地下も入れるともっとあるか」

GPSの位置情報では、高さまでは分からない。

六十階建てのビルに併設された専門店街は、せいぜい十階程度だ。だが、神無らがいるビルは、かつて東洋一と呼ばれたほど階層が多い。

「……いや、GPSはあまりにも高い場所だと、位置情報がずれるんだ。三十階以上の建物にいた時は、百メートル以上ずれていたからな。狭霧《さぎり》がサンシャイン内にいるのだとしたら、それほど高い階層に入り口があるわけではないだろう」

高峰は記憶の糸を手繰り寄せながら言った。

「じゃあ、一階から探ってみるか……」

神無は携帯端末の位置情報を眺めつつ、周囲を見回しながら歩き出す。

狭霧も御影の屋敷のように境界を使っているとしても、入り口が自分に分かるだろうか。

そんな疑念が、神無の胸を過ぎった。

そもそも、御影の屋敷に戻る時は鍵を使っていた。鍵があれば、条件に当てはまる場所ならば何処でも屋敷へとアクセス出来るのだ。

　だが、今は鍵がない。狭霧が屋敷に侵入したように、境界に繋がる入り口を見つけてこじ開けなくては。

「東雲ちゃんは、境界の入り口って見えるの？」

「……生憎《あいにく》と、ぼんやりと分かるかどうかというところだ。隠蔽されていると知覚出来ない可能性が高いな」

　東雲は、悔しそうに呻《うめ》く。

「高峰サンと、纏ちゃんは……」

「その、霊感的なものなのか……？　私は生まれてから一度も、幽霊の類を見たことがないのだが……」

「ごめんなさい。私もよく分かっていなくて……」

「いや、そりゃそうだ。ただの咎人《トガビト》の手に負える範疇《はんちゅう》じゃないわ」

　高峰と纏の反応は、概《おおむ》ね予想通りだった。神無もまた、御影に教えられない限りは彼らと同じだっただろう。

　これは、魔の領域に踏み込んだ者の領分だ。専門家でなくては分からない。

そう考えると、咎人という存在が、実は無力だということを思い知らされる。

咎から得た異能はやはり、歪《ゆが》んだ罪の具現化に過ぎないのだ。

「……って、諦めてられるかよ」

神無は視界に映る入り口や交差点を、そして、開閉するエレベーターの扉をねめつける。

チリっと首筋が痛んだ。聖痕《スティグマ》が熱を帯びて浮かび上がるのを感じる。

感覚が研ぎ澄まされ、殺気が身体の中で膨れ上がるのを自覚した。東雲達はそれに気づいて息を呑んだが、神無は彼女らを意識の外へやる。

結界には綻びが生じると、御影は言っていた。

綻びとはそれすなわち、弱点であり急所だ。

(結界を、殺す。その先にあるものを、取り戻すために)

聖痕が燃えるように熱くなる。だが、熱を帯びれば帯びるほど、神無の感覚は冴《さ》えていった。

周囲の環境音も、仲間の息遣いも気にならなくなる中、神無は歩き出した。

繋がりを求める力と、明確な殺意が神無の五感を助ける。

本来聞こえないはずの音が聞こえるようになり、見えないはずのものが見えるようになって──。

「そこだ！」

幾つか並んでいるエレベーターの一つに、揺らぎが見えた。神無はとっさにホルスターに手を伸ばし、サバイバルナイフを抜いた。

凶刃を揺らぎに突き立て、思いっきり切り裂く。

その瞬間、ドォンと凄《すさ》まじい衝撃音とともに、エレベーターの扉が開いた。

「こっちだ！　早く！」

神無が叫ぶと、東雲達は金縛りから解けたように走り出した。

四人が駆け込んだのとほぼ同時に、エレベーターの扉が閉まる。

行き先ボタンは、何故か一つしかなかった。神無が迷わずそれを押すと、エレベーターはいずこかへ向かって動き出す。

「境界の中に、入れたようだな」

東雲は呟いた。

「みたいだね。まさか、俺でもこじ開けられるとは思わなかった」

エレベーターの中は妙に暗い。照明がチラチラと点滅し、カゴはやけにガタついていた。サンシャイン60ほどの施設ならば、定期的にメンテナンスをするだろうに。

「これが、魔の領域か。まるでホラー映画だな」と高峰が怪訝そうに言う。

「その認識は間違っていない。怪談で妙な場所へ迷い込んだというのは、大抵、魔の領域である境界に入り込んだというものだしな」

東雲は、でたらめな階数を次々と表示するパネルをねめつけていた。

「あの、大丈夫ですか……?」

纏は、遠慮がちに神無の服の裾を引っ張る。

「ん、大丈夫。ちょっと集中し過ぎたから、反動がアレだけど」

目がチカチカして、首筋に焼き印でも押されたかのような痛みが走る。だが、それも少しずつ治まっていた。

すぐに落ち着くから、と神無は纏に笑ってみせた。だが、纏は不安そうなままだった。

「……それなら良いんです。まさか、神無さんにあんなこと出来るなんて」

「無我夢中だったから、俺的にもまさかって感じだけどね。でも、相手の急所が分かるのも、俺の異能の一つみたいだからさ。無生物にも、もしかしたらイケるかもって思って。だから、イイところ突いてやったわけ」

神無はわざと軽口を叩いてみせるが、纏は切実な目で訴えかける。

「神無さん。あの力、多用し過ぎないで下さいね」

「えっ。まあ、あんまりたくさん使えるモンじゃないけど……」

神無は、無意識のうちに首筋をさする。いつも御影に牙を突き立てられている場所だ。

神無の異能の代償は、人との繋がりに飢えること。それに対して、御影の吸血の儀式は、魂の交わりでもある。

神無は御影に血を捧《ささ》げることにより、御影と魂で触れ合って繋がり合い、渇き続ける心を満たしていた。

だから、異能を多用すればしただけ、その関係に溺れてしまう。神無もそれを忌避すべきことだと自覚していた。

だが、纏が懸念しているのは、それだけではないようだ。彼女は躊躇《ためら》うような間を置いてから、こう切り出した。

「神無さん、何処かに行っちゃいそうな気がして」

「何処かにって、何処に？」

「私達の、手の届かないところです。御影さんも、心配するかなって……。神無さんのこと、とても大切にしているようですし」

「そんな……」

神無は、東雲と高峰の方を見やる。彼女らもまた、纏に同意するかのように神妙な面持ちで頷いた。

「お前の結界破りは、見事だった。お前の成長は、本当に目を見張るほどだ。つい最近、咎人として自覚したとは思えない。お前が今後、どれだけ成長するかを考えると、末恐ろしいほどだ」

賞賛を述べているというのに、東雲の表情は硬かった。

「だが、その成長の先に何が待っているかと考えると、素直に成長を喜べなくてな」

「成長の先って――」

鸚鵡返《おうむがえ》しに言ってから、神無はハッとした。

東雲の異能は、魔の者に必殺の一撃を与える『退魔』。高峰の異能は、スコープで捉えた標的に発射物を命中させる『必中』。纏の異能は、嫉妬に身を任せると身体能力が飛躍的に上がる『狂化』で、御影の異能は、自らを炉として元素を操る『元素操作』だ。纏の異能はやや不安があるが、他の異能はいずれも、極めれば正しき道を歩む手助けになるだろう。

その中で、神無の異能だけが異質だった。『暗殺』は、どうあっても相手を殺すものだ。

御影には、使い方次第だと言われていた。実際、暴走した纏を助けることも出来たし、結界をこじ開けることも出来た。

だが、何処まで行っても殺しが付きまとい、破壊することしか出来ないのである。

「私も、一度お前と相対した身だが、今のお前と戦わなくて良かったと思ってしまってな」

高峰は、眉間に深く皺を刻み込んでいた。

纏も東雲も、高峰すらも恐れたのだ。先ほどの、殺気に満ちた神無を。

彼を気遣っているからこそ、誰も言わないのだ。獲物を確実に仕留める暗殺者さながらだったということを。

「……善処するよ」

何をだ、と神無は自身にツッコミを入れた。

贖罪のために力を正しく使ってきたつもりだが、味方に恐れられては世話がない。

やはり、異能は罰なのだと自覚する。人の道から外れた動機が身勝手であればあるほど、得られる異能は諸刃《もろは》の剣《つるぎ》なのだ。

「そ、その、すいません。ちょっと、ビックリしちゃって。でも、神無さんは正義感に溢れた人なので、きっと大丈夫です」

纏は申し訳なさそうにフォローする。正義感、という言葉が胸に深く突き刺さった。

「纏の言うとおりだな。先ほどのは、未熟な私の失言だった。私も、お前を信じているよ」

東雲は真《ま》っ直《す》ぐな瞳を神無に向ける。信頼に溢れるその視線が、今は辛い。

「……万が一の時にお前を確保出来るよう、私も精進しよう。その時は、来ないと思うが」

「高峰サンは任侠《にんきょう》の世界のヒトだし、チャカを使うか拳を使うかした方が早くない？」

高峰の言葉には、なんとか軽口を返せた。

全面的に信頼される方が、今はきつい。結界を壊せたのも、御影を取り戻すのに必死だったからだ。

（結局のところ、俺はエゴでしか動けていない。纏ちゃんだって、俺に重なるところがあったから助けられたんだ）

全く自分に関係のない相手でも、神無は助けようとしただろう。だが、あの時のように潜在能力を発揮出来るかは分からなかった。

そうしているうちに、エレベーターがガクンと停止する。

神無達が身構えていると、スーッと不気味なほど静かに扉が開いた。

「ここ、何階でしょうね……」

纏はトランクケースを引きずりながら、皆とともに降りる。

「何階でもない場所なんだろうな。境界の中は、我々の日常の常識は通じない」

東雲は刀に手をかけながら、慎重に進む。

エレベーターホールの照明はやけに暗く、続く廊下も照明がチラついていた。黴《かび》の臭いがまとわりつくように漂っており、空気はとんでもなく埃っぽい。

まるで、長年放置されたような場所だった。照明がついていなければ、廃墟だと思うだろう。

当然、人気《ひとけ》は無いだろうと思っていた。

だが、神無は何かが近づいて来るのに気づく。それと同時に、東雲も弾かれるようにそちらを向いた。

廊下の向こうから、ふらふらと人影がやって来る。

狭霧でも御影でもない。目を凝らして見てみると、制服姿の警備員だった。

「警備員を、雇っている……？」

纏はトランクケースに手をかけながら、こちらにやって来る警備員の様子を見つめていた。

警備員は、一人ではない。先頭の警備員に続くように、一人、また一人とやって来る。

隠れてやり過ごそうかと思う神無であったが、廊下に隠れられそうな場所はない。エレベーターの扉は固く閉ざされており、先ほどまで動いていたのが嘘《うそ》のように静まり返っていた。

ここは、やり合うしかない。

「早く切り抜けないと、御影さんが……」

「御影君なら、きっと大丈夫。フッーに強いし、口が達者だしね。今ごろ狭霧とやり合ってるって」

屋敷では後れを取ったとはいえ、御影は頭が回り交渉も出来る男だ。狭霧は御影の協力を必要としていたことだし、それを逆手にとって、今ごろ時間稼ぎをしてくれていることだろう。

「この場に彼がいたら、警備員を説得してくれたんだろうが」

高峰は懐に手をやりながら苦笑する。

「高峰サンもおじさんだけど、そういうの出来ないわけ？」

「やろうとしている。こちらには警察手帳があるしな」

「あっ、成程」

神無達はただの侵入者ではない。公的な任務を帯びた者もついているのだ。

高峰は、つかつかと警備員らに歩み寄り、警察手帳を掲げた。

「失礼。我々は警視庁から派遣された特殊部隊だ。君達の雇い主であろう獅堂八房《しどうやつふさ》には令状が出ている。捜査に協力せずに我々を阻むのであれば、公務執行妨害で――」

「いや、待て！　離れろ！」

東雲は、警備員の異様な気配を察する。

次の瞬間、うつむき加減だった警備員は顔を上げた。

その目は白濁しており、口は半開きで、顔に生気を感じられない。口からむわっと漏れた腐臭も相俟って、警備員が既に死んでいることは明らかだった。

「リビングデッドじゃねーか！」

「アカーン！」

神無は顔を引きつらせ、高峰は叫ぶ。

死体の警備員達は一斉に駆け出し、戦いの火蓋が切られたのであった。

一方、御影が狭霧に案内されたのは、薄汚れた廊下の奥にある部屋だった。

オフィススペースと思しき部屋で、床には安いタイルカーペットが敷かれている。オフィスデスクとオフィスチェアが、部屋の隅へと乱雑に追いやられていて、部屋の真ん中にはパイプ椅子が一つだけ置かれていた。

あまりにも不自然なそれに、狭霧は御影を促す。

御影は座らずに、その脇に立って狭霧を見つめ返した。

「ここが、君の根城ということかい。結界術が使えるくらいだから、もっと住み易《やす》い環境にしているかと思ったけれど」

「生憎と、住まいにこだわりはなくてね。そんなものに力を割くよりも、目的を達成するために使うさ」

「死者蘇生、反魂の術に？」

御影が核心に迫ると、狭霧は目を細めて薄く笑っただけだった。

「君の過去がどういったものか、失礼ながら聞いていてね。不幸な事故に遭ったようで、同情するよ」

「ならば、俺が見舞いの言葉よりも君の力を欲しているのが分かるはずだが？」

狭霧はねっとりと笑うが、その目は少しも笑っていなかった。獰猛《どうもう》なほどの貪欲な輝きに満ちていて、今にも御影に襲い掛かりそうなほどだった。

だが、そうしても意味がないことを、この男は知っているのだろう。飽くまでも冷静さを保ちながら、御影の返答を待つ。

「生憎と、君に協力するわけにはいかない」

「何故？　君もまた、身を割かれるような喪失を体験した者だろう？　それとも、大切なものを取り戻してしまったから、自分と同じような境遇の者には冷たくなったと？」

「取り戻した、と言えるのかな」

御影はふと、左目を伏せる。眼帯の中で、右目がびくんと疼いた。

刹那《せつな》は蘇った。しかし、刹那と向き合うことは出来なかった。

彼らは、かつて一つの細胞だった時のように、向き合うことも会話をすることも出来ない。二人で笑い合った日々は、二度と返って来ないのだ。

「まあ、僕のことはいい。半身の一件がなかったとしても、僕は君に同じことを告げると思うよ」

御影はぐるりと、辺りを見回す。

乱雑に置かれた机でも、窓のない壁でもない、その先を。

「灯台下暗しというのはよく言ったものだね。まさか、君がこんな身近に潜んでいたなんて。だけど、合理的ともいえる」

「流石は時任《ときとう》卿の秘蔵っ子。この場所がどういう場所だか、気付いているようだな」

御影の視線は、壁の向こうにあるはずの東池袋中央公園に向けられていた。

「巣鴨《すがも》プリズン跡――。第二次世界大戦後、戦争犯罪人を収容し、処刑した場所だね。今は商業施設となって陽の気に満ちているけれど、土地には陰の気が沁《し》みついている。境界も発生しやすく、外法を行うには最適だ」

「いつの時代も、戦争は破壊と遺恨を強く遺《のこ》す。儀式に必要なエネルギーを得るには、ちょうどいい」

狭霧は薄く笑う。

「僕は戦うよりも、花を育てて、愛を語る方が好ましいと思うけれど」

「だが、その愛で全てを喰《く》らってしまうんだろう。――『暴食』の御影君」

「手に入れたいものがあるのならば、僕の機嫌を損ねないことをおススメするよ。――『強欲』のクロウリー君」

御影と狭霧の視線が絡み合い、火花を散らす。

先に目をそらしたのは、狭霧の方だった。

「いや、結構。時間さえあれば、君との会話に興じ続けたいものだが」

「せっかくのお誘いだけど、僕はお断りしたいね。ここはひどく、息苦しいから」

御影は気付いてしまった。二人がいる部屋は、元素の気配を感じられない。

御影は基本的に、風、火、水、地の四大元素を操作して術を使うのだが、幾ら目を凝らしても、使えるほどの元素が見つからないのだ。そして、元素を操作するのに必要なエーテルも見当たらない。サンシャイン60ほどの霊場ならば、渦巻いているはずなのに。

「もう気付いたとは。異能を使う時に驚いてくれることを期待していたんだが」

「悪趣味だね。この場所は、エーテル遮断領域ということかい」

魔法の発動を抑制する結界術のことは、時任から聞いていた。狭霧は事前に、それを用意していたのだろう。

だが、術者の御影にとって、それは想定済みだった。

御影は自らの上着の下に、ステッキが仕込まれているのを確認する。主に、魔術をより正確にターゲッティングするためのものだが、戦闘にも使える。

御影は争いを好まない性格だが、戦い方は知っていた。

エーテルを完全に遮断する結界のエネルギー消費は多く、広範囲に張れない。加えて、狭霧がわざわざ御影をこの場に導いたということは、結界の中心となっているのは術者である狭霧ではなく、恐らく、御影のそばにある椅子だ。

だから、椅子からある程度離れれば、魔術を使えるはずである。

(問題は、彼が簡単に逃がしてくれるかだけど)

御影と狭霧は、手を伸ばして届くか届かないかという距離にいる。不意を衝けば狭霧の手から逃げられるかもしれなかったが、狭霧は得体の知れない男だ。

「時間さえあれば、というと、君には今、タイムリミットが設けられているということかな」

「ああ。時は満ちたが、いつまでも満ちてはいない。満月も欠けていくように」

「仮初《かりそめ》の器を死者に用意したとして、魂までも用意が出来たのかい?」

狭霧は器だけでは満足しないだろう。だから、本気で『枇々木《ひびき》』本人を蘇らせるつもりだ。だが、損傷した脳の一部だけで本人を蘇らせることが出来るだろうか。

「僕が用意した死者蘇生の術は、確かに発動した。しかし、それは僕という特殊な条件下だったからだ」

「それでも、多少のデータは得られた。応用する術も考えられるほどに」

狭霧は、全く動揺した様子はなかった。

「魂と呼ばれるものは、人格とほぼ同義だろう。そして、人格というのは個々の特定のパターンを指す」

「つまりは、パターンを再現することで本人を蘇らせるということかい？　それは、高度に発達したＡＩにあらゆるパターンを学習させ、本人を再現するのと同じではないかな？」

「それは、情報をコピーして貼り付けただけだ。俺は、死者蘇生の術を応用して、断片からエントロピーを逆行させる。失われた部分は、素材で補うがね」

「馬鹿な！」

御影は声を荒らげる。

目の前の男の言葉は、耳を疑うものだった。

「エントロピーは常に増大している不可逆的なもの。コーヒーに混ぜたミルクを取り出せないのと同じで、減少させるのは不可能だ！　君も魔術に精通した者ならば、分かるはずだろう！　この物質世界の理《ことわり》が！」

「飽くまでも、物質世界では、な」

「まさか……」

　御影は息を呑む。生ぬるい汗が、頬を伝った。

「君も魔術に精通した者ならば分かるはずだ。エーテルの干渉力は物質世界のみに及ぶものではないし、それらを以て高次元に干渉出来るとも」

「だけど、君が最終的に干渉したいのは、物質世界の『死』だ！　元素を弄るのとはわけが違う。絵画の中の貴婦人が、別の絵画へと散歩するようなことなんだ！」

「それも、方法さえ分かれば可能さ。そもそも、高次元の存在——概念世界の連中は、物質世界に器を得て干渉をしているしな」

「それは……」

　神や天使、悪魔や妖怪などの概念世界の存在の活動は、物質世界でも観測されていることを御影は知っていた。そして、半身である刹那の異能もまた、それらの存在に物質世界で動くための力を与えるものだった。

「協力者は、君と君の弟、どちらでも良かった。いずれも、高次元にまで及ぶ異能だから」

「刹那に手出しはさせない」

　御影は狭霧をねめつける。狭霧は相変わらず、薄笑いを浮かべたままだった。

「では、君の力を借りよう」

「僕の力も、君には貸せない。そもそも、僕に出来るのは、元素を操作する程度。エントロピーの逆行は不可能だ」

狭霧が一歩踏み込むと、御影はじりっと引き下がる。

御影は勘づいていた。

この男は、最初から自分を説得する気はないということを。そして、御影の意志とは関係なく、御影の力を使う術を身につけていることを。

「術式はすでに完成している。そして、この地には膨大なエーテルも眠っている。今はそれほど表面化していないが、陰の気で刺激をすれば噴き出すはずだ。そして、炉の準備も出来ている。あとは、変換機さえあればいい」

「……そこまで用意周到ならば、変換の術式も自身で構築してはどうかな。魔術の才があれば、僕の異能に頼らなくても問題ないはずだ」

「残念ながら、俺にはそこまでの才は無くてね。時間をかけて儀式の術式を編むのが精いっぱいだ。それに――」

狭霧の大きな手が、御影に向かって伸びる。

「優秀なライターがあるのに、火打石で火をつけようと思うか？」

「僕に触れるな！」

御影はステッキを取り出し、狭霧の手を振り払う。そのまま結界の外に出て応戦しようと、踵を返そうとしたその時だった。

狭霧が、周囲に置かれている机に目配せをする。

すると、左右の机の陰から、フルフェイスヘルメットの二人組が現れた。

都内を騒がせていた悪質な咎人の二人組、馬野《うまの》と鹿山《かやま》である。

「ひゃっはー、ようやく出番だぜ！」

「悪いね、ヴィジュアル系。これもシゴトだから」

両者は、御影の両脇をしっかりと押さえ込む。いくら御影といえど、成人男性二人に押さえられてはなす術もない。

「君達は……！」

纏のチェーンソーにこっぴどくやられ、撤退していたはずだ。まさか、まだ狭霧に雇われているとは。

「バイクが廃車になっちまったから、仕方なくまた稼いでるんだわ」

「まあ、カツアゲとかつまらないし、こういう秘密組織っぽいことやって金を貰った方がたぎるんだよな」

「君達は、彼が何をしようとしているのか分かっているのか!?」

御影の抗議に、二人は顔を見合わせた。

「原理はなんかよく分からないけど、死んだ人を蘇らせるんだろ？」

「うっさんくさい旦那だと思ったら、泣けちまうよな。それほど執着するってことは、大事な人だったわけじゃん？」

馬野は首を傾げ、鹿山はフルフェイスヘルメットの上から涙を拭う素振りをした。

「そんな単純な話じゃない！　彼はこの物質世界の三次元の理を歪めようとしているんだ！　災厄規模の犠牲が出るぞ！」

普段の冷静さと余裕は、今の御影にはない。しかし、馬野と鹿山は顔を見合わせるだけだった。

「なんかそれ、カッコよくね？」

「流石に、ここにいれば大丈夫っしょ。なんか外の物音が聞こえないし、安全そうだ」

危機感はまったく伝わらない。

必死になってもがく御影であったが、馬野と鹿山の腕力の方が強かった。

彼らは狭霧の目配せに頷き、無理やり御影をパイプ椅子に座らせ、ロープで手足を拘束する。

「大事な客人に手荒な真似《まね》をしてすまないな。俺のことは、幾らでも恨んでくれ」

そうは言うものの、狭霧自身は、幾ら恨まれても気にしないだろう。彼の目は、御影ではなく彼の目的しか見えていないようだった。

そして、鹿山と馬野の手つきは慣れたもので、御影がいくら動いても拘束は緩まなかった。

「まさか君は、異能を強制的に使う術も……」

「ご明察の通り。時任卿に反旗を翻した男を、俺が説得出来るとも思っていなくてね。エーテル遮断領域も、その目眩《めくら》ましだったのさ」

狭霧は、靴の先でトントンと床を蹴る。

リズムでも刻むような軽快な音が、不気味なほど室内に響いた。

その瞬間、御影は周囲にどっとエーテルが戻ったのを感じる。結界を解除したのだ。

自らの拘束を解こうと術を編もうとするが、そんな御影よりも早く、足元に複雑な魔法陣が浮かび上がる。

魔法陣が不穏な輝きを帯びると同時に、御影の全身に激痛が走った。

「ああっ！」

たまらずに悲鳴をあげる。

これは、肉体的な痛みではない。魂をも裂く蹂躙の魔法だ。

強制的に、『元素操作』の異能が引き出されているのが分かった。

御影の中を、大量のエーテルが通って吐き出されるのを感じる。水の中に無理矢理顔を突っ込まれるような息苦しさに、御影はただ、苦悶の息を吐いて喘《あえ》いだ。

「さて、儀式の始まりだ。悲願を達成する前だが、君に感謝を。もう二度と、会えないかもしれないからな」

狭霧はそう言って、部屋を後にしようとする。

「旦那、俺達は……!?」

馬野と鹿山は、狭霧の背中に問いかける。すると、狭霧は振り返りもせず、興味もなさそうに答えた。

「その男が妙な真似をしないか、見張っていたまえ。報酬は振り込んでおく」

「アイアイサー！」

二人は素直に狭霧に敬礼をし、その背中を見送った。

御影は薄れゆく視界の中で、扉が閉まるのを見送る。己の異能が限界まで引きずり出されているせいで、意識が混濁して来たのだ。

まずいことが、二つあった。

一つは、狭霧の術が本格始動すること。

『枇々木』なる人物は、高峰から品行方正だったらしいと聞いていた。問題なのは、死者蘇生という結果ではなく、過程だ。理に逆らえば、歪みが生じる。そして、理に逆らうには、膨大な代償が必要だ。

御影が言ったとおり、大規模な災厄が起きる可能性がある。

そして、もう一つ。

「君たち……」

御影は、振り絞るように馬野と鹿山に声をかける。

今すぐ拘束を解けというのは、絶対に聞かないだろう。だが、せめて、二つ目の懸念からは遠ざけなくてはいけない。

「僕が妙なことを言い出したり、様子がおかしくなったら……この部屋から出るんだ。すぐに……」

「は？　それって、右手が疼くとかそういう系？」

「妙なことを言うってのは、今まさにその状態だけどな」

馬野と鹿山は、顔を見合わせて肩を竦める。

御影は補足しようとしたものの、口があまりにも渇いて声が出なかった。早くも、牙が疼いている。飢餓状態になるのは、時間の問題だ。

御影の異能の代償は、強烈な飢えだ。特に咎人の血肉を口にしなくては、正気を保てなくなる。

そしてそれは、目の前にあった。

(神無君……)

混沌に沈みそうな意識の中で、相棒たる赤髪の青年を思い出す。

彼のみずみずしい血でこの渇きを潤せれば、どんなにいいことか。

(いや……)

彼の血よりも、もっと大切なものがある。それは、彼自身と、彼との関係だ。

(どうか、クロウリーを止めて……。そして……)

気付いた時には、嗅覚を研ぎ澄ませて血のにおいを探していた。頭の中は、飢えを満たしたいという願望が溢れそうになっていた。

(どうか、僕に会わないで……)

時任に拘束された時の比ではないほどの、獣の衝動が腹の底から沸き上がる。消耗があまりにも激しく、その獣が暴れ出した時に、抑えられる自信はない。

そんな中、御影は愛《いと》しいものの無事を祈りながら、意識を手放したのであった。


ズズン……と嫌な揺れがビル全体を包んだ。

さわさわと生ぬるい風がうなじの辺りを撫でるのを、馬野は感じた。

「嫌な感じだな」

「おっ、マジで？ 災厄とやらが始まったのかな」

鹿山はそわそわしながら周囲を見回すが、窓はなく外の様子が分からない。

「……武器、もう少し取って来る」

二人は改造エアガンを持っていたが、ハンドガンで心許《こころもと》なかった。御影を拘束する時は身軽な方がいいと思って、かさばる武器は別室に置いて来たのだ。

「要るか？ ここは安全だろ」

「でも、そいつが」

馬野は、部屋の真ん中で拘束されている御影を見やる。

御影は俯《うつむ》き、身じろぎ一つしていない。垂れ下がった純白の前髪が顔を隠しているせいで、彼に意識があるのか否かも判別できなかった。

「気絶しているんじゃないか？」

鹿山は怪訝な顔をする。

御影の足元で強烈な輝きを放っていた魔法陣は、少しずつその光を収束させているところだった。狭霧の仕掛けが上手く作動し、最終段階に入っているのだろう。

鹿山はハンドガンを手に、御影に歩み寄ろうとする。

だが、「近づくな！」と馬野が制止した。

「なんだよ。大丈夫だって」

絶対に気絶してる、と鹿山は苦笑した。実際、苦しげだった御影の呼吸は弱々しくなっていて、衰弱しているのは間違いなかった。

「……一緒に、武器を取りに行くか？」

馬野は御影から目を離さないで、鹿山に問う。

「いや、こいつを見張ってろって言われてるしさ。もしかしたら、ほら、こいつの相方が助けに来るかもしれないし」

「お前は変なところで真面目だな。とにかく、武器を取りに行くから待っててくれ。くれぐれも、用心してな」

「はいよ」

鹿山はひらひらと手を振って、馬野を見送る。馬野は何度も振り返り、御影の様子を注意深く見つめていた。

「なんだってんだ」

扉が閉まり、馬野の背中が消えたのを確認すると、鹿山は呟いた。

「ビビりすぎだよなぁ。そりゃあ、魔法なんて使うやべー奴だけど、高校生くらいじゃん」

鹿山は御影の方を見やる。

「しかも、相当な美形だぜ。こういうのは、イケメンっていうんじゃなくて、美人っていうんだろうな」

すらりとした細い顎、通った鼻筋と整った唇、そして、繊細な長い睫毛《まつげ》。目を閉ざして眠っているところは、神がかった腕を持つ職人が創造した人形のようだった。

「えっ……」

御影に見惚《みと》れそうになった鹿山であったが、あることに気づいてぎょっとした。御影は先ほどまで、俯いていたはずなのに。

「いや、気絶してても顔ぐらい上げるだろ……。死んでるわけじゃないんだし……」

高鳴る心臓を落ち着かせるように、鹿山は己に言い聞かせた。

　だが、力なく開かれた柔らかい唇が、かすかに動いた。

「……が……いた」

「な、なんだ……!?」

　呪文の詠唱かと思って身構えるものの、うわ言のようであることに気づく。かすれた声ではあったが、何かを訴えているようだった。

「言っておくけど、拘束は解かないからな。旦那から報酬を貰えなくなっちまうし。しかも、危ない奴だし」

　鹿山の言葉に、御影は反応しなかった。ただ、同じうわ言を繰り返しているようだった。

　鹿山は、放っておくのもやかましいという気持ちと、わずかに芽生えた同情心に背中を押され、御影にほんの少し歩み寄り、声が聞きやすいようにとフルフェイスヘルメットを取る。

「のどが……かわいた……」

　御影の唇から発せられたのは、切実な訴えであった。

　わずかに開いた左目は潤み、かすれた声を漏らす唇は震えている。彼の色白な頰に乱れた白い髪が散らばる様は、彼を一層、弱々しく見せた。

「いや、水なんて持ってないし……」

鹿山の庇護欲が掻き立てられる。

暴れる余力も残ってなさそうだし、拘束くらい解いてやったらどうだろうかとすら思う。きつく縛ってしまったし、痕が残ると可哀想《かわいそう》だから、と。

「……馬野が——相棒が戻って来たら水を買って来るから。そのくらい、サンシャインの中に売ってるだろ」

鹿山の提案に、御影は反応を示さなかった。ただ、真紅の瞳でじっと鹿山を見つめているだけだった。

「な、なんだよ……」

その視線が、妙に熱っぽいのに戸惑いを覚える。鹿山が顔をそらそうとしたその時、御影の唇が再び動いた。

「もっと……ちかづいて……」

「ええっ」

「きみのかお………………みせてよ」

よく見れば、御影は僅かに微笑んでいるように見えた。滲んだ汗で頬に張りついた乱れ髪と、熱っぽい瞳は、美しい彼をやけに艶《なま》めかしく見せている。

「いや、そんな、大した顔じゃあ……」

鹿山は妙な汗がどっと噴き出すのを感じた。何も考えられなくなって、吸い寄せられるように御影へと歩み寄る。

その時、ふと、拘束された直後の御影の忠告が頭を過ぎった。妙なことを言い出したり、様子がおかしくなったりしたら部屋から出ろということを。

確かに妙なことを言っていると思うし、様子はおかしいと思う。だが、謎の呪文を唱えるとか、殺気を放つとかではない。

気付いた時には、鹿山は御影を見下ろせるところまでやって来ていた。

美しい青年が、上目遣いで鹿山を見つめる様子は、ひどく感情を揺さぶられた。

だが、それと同時に、違和感を覚える。この男の笑みは、常に慈しみの混じったものだったはずだ。しかし、今は何かが違う。

「もっと……こっちへ……」

御影の吐息が鼻先に触れる。鹿山は抗《あらが》えない力に吸い寄せられるように、自然と御影と目線を合わせるように膝を折っていた。

そんな彼に、御影は笑いかける。そこには、慈しみも余裕も、ひとつまみの悪戯っぽさも感じられない。

歌声で男達を惑わし、海に引きずり込むセイレーンのように獰猛な笑みだった。人語こそ喋るが、こいつはいつもの彼と違う。血と肉に飢えた本能を剥き出しにした魔物だと、鹿山は直感した。

「ひっ」

捕食者の目になった御影に、鹿山は引き攣《つ》った声をあげる。

彼が最後に見たのは、あまりにも鋭利で凶暴な牙であった。

長く続く廊下を、神無はひた走っていた。

生きる屍《しかばね》の警備員は、次から次へと押し寄せてきた。それらを排除してからでは遅くなるということで、神無だけ先行するよう言われたのだ。

御影を救助した後、退路は必要になる。そのために、東雲達は警備員を引き付けて、殲滅《せんめつ》しようというのだ。

白兵戦ならば、東雲と纏向けだ。そこに司令塔として高峰がいれば、悪いようにはならないだろう。そもそも、荒事に慣れた高峰ならば、異能を使わなくても肉薄した戦いが出来そうだ。

一方、神無は白兵戦に向いておらず、潜入に最適である。この先に潜んでいると思われる者達の目をかいくぐるのも、必要とあらば戦闘不能にするのも、神無が圧倒的に向いていた。

「無事でいてくれ……」

東雲と高峰、そして纏の無事を願いつつ、御影の無事も祈った。

神無は同じような造りのオフィススペースを幾つも通り過ぎ、長く複雑な廊下を往《ゆ》く。現実のサンシャインの中にありそうな場所であったが、妙に現実感が希薄な、不気味な場所であった。

ズズン、と嫌な震動が床から突き上げる。

地震か、と思うものの、すぐに、そうでないのだろうと頭を振った。

御影に、何か不測の事態が起こったのかもしれない。神無は逸《はや》る気持ちを抑えながら、慎重に他者の気配を探りつつ、自身の気配を殺して先へ進んだ。

ここで焦っても、御影が遠のくだけだと自分に言い聞かせる。今はただ、自らの異能の一端である、存在を隠蔽することに集中した。

「……誰か、いるな」

複数人の気配がする。

狭霧かと思ったが、あの男のねっとりするような気配ではない。そこそこ戦い慣れした気配が二つと、希薄な気配が一つある。

「御影君……」

希薄な気配は、恐らく御影のものだ。急がなくては、と神無が足を速めると、突き当りに鉄の扉が見えてきた。

一気に距離を詰めようとするが、不意に扉が開く。神無はとっさに物陰に隠れ、気配を殺した。

「バイクにつられて、また妙な仕事を引き受けた気がするぜ……」

現れたのは、フルフェイスヘルメットを被《かぶ》った男——馬野だった。ブツブツと愚痴を言いながら、すぐ脇にあった小さな部屋に入っていく。

「あいつ……」

神無は姿勢を低くし、意識を異能に集中させた。

首筋が熱くなり、聖痕が浮かび上がるのが分かる。自らの気配が、廊下の床や壁と一つになるのを自覚した。

『暗殺』の異能は、必殺の道筋を教えるのみにあらず。対象を確実に仕留めるために、自らの存在を隠蔽するのにも役立った。

相手に姿を目視される前であれば、ほぼ気付かれずに接近することが出来る。ただし、抑えられるのは音と気配くらいなので、御影のように獣の嗅覚を持つ者には通じないが。

馬野が入った部屋は、倉庫のようだった。段ボールが乱雑に置かれたラックが並ぶ中、彼らの物と思しき武器が幾つか並んでいた。

馬野は文句を言いながら、アサルトライフルを弄っている。勿論、本物ではなくエアガンだろう。ただし、殺傷能力があるほどに改造したものだろうが。

今なら、仕留められる。

馬野はフルフェイスヘルメットを着用し、サバイバルゲームで使うようなプロテクターを装備している。

だが、所詮は戦争ごっこの防具だ。神無の凶刃はそれらの隙間を縫い、致命傷を負わせられる。

神無に躊躇いはなかった。

どうせ、罪を償うまで死ねない咎人だ。喉を掻っ切ろうと死にはしない。

それに、御影を奪い返すために、手段を選んでいられなかった。

神無はサバイバルナイフで狙いを定める。隙だらけの馬野にその刃を突き立てんと、走り出そうとしたその時だった。

「ぎゃあああああっ！」

突き当りの部屋から聞こえてきた耳障りな悲鳴が、鼓膜をつんざく。

馬野は振り返り、神無の集中が切れた。

「お前っ！」

馬野はぎょっとして銃口を向けるが、彼の意識は悲鳴の主に奪われていた。引き金を引くこともなく、構える神無の横を通り過ぎて部屋を出る。

神無もまた、馬野を仕留めるどころではなくなっていた。断末魔の叫びのようなそれは、鹿山のものだ。

一体、何があったのか。

馬野は鉄の扉を開け放ち、神無も遅れてやって来る。二人は、部屋の現状に目を剥いた。

つんと、鉄錆《てつさび》の臭いがする。

部屋の中央は、凄惨な儀式が行われたかのように、血しぶきで赤黒く染まっていた。

その血の海に、仰向《あおむ》けの鹿山が沈んでいた。その顔面は血に染まり、鼻が無残にも嚙みちぎられている。びくんびくんと、痛みにのたうつように身体が震えていた。

肉を噛む音だけが、部屋に響いていた。

乱れ髪の美しい夜叉《やしゃ》が、恍惚《こうこつ》とした笑みで生贄《いけにえ》の肉を弄んでいた。赤い瞳に人間性はうかがえず、獣のような眼光だけが悪趣味な空間の中で輝いている。

彼を封印していたはずのロープは引きちぎられ、血の海の中に埋没していた。

「御影……くん……」

神無は震える声で、残酷な夜叉の名を呼んだ。その横で、馬野がアサルトライフルを構える。

「うわあああっ！」

相方の無残な姿を目の当たりにした馬野は、アサルトライフルの引き金を引いた。

「やめろっ！」

神無がとっさに、サバイバルナイフで銃口を弾く。弾丸はあらぬ方向へと乱射され、部屋の隅に置かれた机に当たって辺りに散らばった。

その瞬間、御影の姿は消えていた。

縮地でも使ったのかと、神無は慄《おのの》く。気付いた時には、御影は馬野の正面に跳んでいた。

「ひえっ」

馬野の悲鳴は、短かった。彼が声を発する頃には、御影の右手は彼の顔面を捉えていたからだ。

その一瞬で、神無は御影の目を見た。

いつもの慈しみに満ちた目でもなく、本心を隠すような不透明な目でもなく、ただ、飢えて獰猛で、あけすけな殺意と残酷な無邪気さに満ちていた。

飢えた彼は、時任から奪還する時に目にしたことがある。だが、その時の比ではない。

「これが、本当の飢餓状態……！」

御影の異能の代償だというのか。

御影は馬野のフルフェイスヘルメットを掴んだまま、容赦なく壁に打ち付ける。

ドォンと重々しい轟音《ごうおん》が周囲を揺さぶり、壁に亀裂が走ってヘルメットは粉砕された。

彼がヘルメットをつけていなかったら、どうなっていたことか。

「ひぃ……ひぃ……」

顔が晒《さら》された青年は、恐怖を露《あら》わにしていた。最早《もはや》、異能を使うことすら忘れているようだった。

御影は、まるで獲物を品定めするかのように、くすくすと笑いながら怯《おび》えた馬野を見つめる。

そして、彼の筋張った首に狙いを定めて、獣のように牙を剝いた。

「やめてぇぇ！　殺さないでぇぇ！」

泣き叫ぶ馬野に構わず、御影は次なる犠牲者に牙を突き立てようとして——。

「やめろ！　永久《とわ》！」

神無はありったけの声で叫び、気付いた時には、自らの唇を嚙み切っていた。

ジワリと鮮血が滲み、血の味が舌を撫でる。御影に駆け寄って手を伸ばし、馬野から引き剝がすと同時に唇を奪った。

「んんっ……！」

御影は驚いたように目を見開く。普段からは考えられないほどの力で押し戻されそうになり、彼の我武者羅に揮われる爪が頰を切り裂いたが、神無は御影の身体を必死に抱いた。

御影の唇からは、知らない奴の血の味がした。

神無はそれに苛立《いらだ》ち、無我夢中で御影の唇から拭い去り、口の中から掻き出そうとする。

飢えているのなら、全部自分から奪えばいい。

神無はそう思いながら、御影の口の中にあった異物を吐き出し、自らの血を彼に捧げた。

最初は玩具《おもちゃ》を取り上げられた子供のように抵抗していた御影であったが、神無の血の味を感じると、やがて、喉を鳴らして飲み下し始めた。

次第に、神無の肩や腕を摑んでいた御影の力が、やんわりとしたものになる。

神無が顔を離すと、そこには、ぼんやりとした表情の御影がいた。

「神無……くん……」

「おはよ。帰って来たみたいだね」

神無は出来るだけ冗談っぽく言ったものの、安堵《あんど》のため息のようになってしまった。

御影はしばらくぼんやりとしていたが、やがて、意識がはっきりしてきたようで、頰の血を拭う神無を見て愕然とした表情になる。

「僕は、もしかして……」

「ちょっと、お腹《なか》が空《す》いて暴れてたみたい」

神無が苦笑すると、御影は彼の肩を押し戻した。

そして、血まみれで倒れている鹿山の方を見やる。

「なんてことだ……。僕は、人を襲ったのかい……？　ケダモノのように、牙を剝き出しにして……！　そして、君まで傷つけて……！」

いつもの冷静さは何処へ行ったやら、金切り声をあげて悲嘆にくれる御影を、神無はぎゅっと抱きしめた。

「大丈夫。少しビックリしたけど」

「あんな姿、君には見られたくなかったのに……！」

御影は、すがりつくように神無を抱き返す。

御影が自らを隠したいと思う気持ちも、神無は理解が出来た。鹿山の顔を喰らい、馬野を哀れな小動物のように弄ぼうとしていた。人ではおおよそ有り得ない力でロープを引きちぎり、ヘルメットを砕いていた。

その姿はまさに、人ならざる者だった。

咎人というよりも、人の姿を借りた獣だ。飢えを満たすためだけに動く災厄のようにも見えた。

御影は残酷で意地悪な一面も持ち合わせているが、それは冗談の範疇で収まっていた。基本的に彼の魂は愛情深く、慈しみに溢れていた。そんな彼が、エゴに満ちた衝動的な破壊を好むわけがない。

そしてそれを、自らのパートナーに見られることを恐れているのも、神無は察していた。

だから、「大丈夫」ともう一度告げた。

「御影君がどんなことになっても、俺は君の味方だから」

御影がいつも自分にしてくれているように、包み込むような声をかけてやる。

神無の腕の中で、御影はしばらくの間、小さく震えていた。己の痴態を恥じて泣いているのかもしれないと思ったから、神無はそっとしてやることにした。

その涙に、少しでもいいから安堵が混じっていればいいなと思いながら。

「この、化け物！」

怨嗟《えんさ》に満ちた罵倒が、二人に――いや、御影に降りかかる。神無は御影を庇うように抱き、罵倒の主である馬野をねめつけた。

馬野はアサルトライフルを構え、御影に突き付けていた。

だが、その銃口は震えている。御影に襲われた時の恐怖が、彼の魂を支配していた。

「なにが、災厄が起こるだ！　そいつ自身が災厄で、化け物じゃないか！　お前も、そいつから離れた方がいい！　いつか、マジで食われるぞ！」

後半は、神無への忠告だった。神無の腕の中で、御影の動揺した息遣いを感じる。

「別に、いいんじゃね？」

神無は、馬野の忠告をあっさりと振り払う。馬野は目を剝き、御影は驚いたように顔を上げた。

「それで御影君が満たされるなら、俺はいいよ。顔だろうが腕だろうがくれてやるさ。それだけの覚悟は、とうに出来てる。だから、御影君の相棒をやってるんだ」

「神無君……」

目を丸くする御影に、神無はニッと笑ってみせる。「おかしいよ！」と馬野は悲鳴をあげた。

「お前達、おかしいよ！　なんでそんなに、他人のために命が張れるんだ！　しかも、相方を庇って死ぬとかじゃなくて、相方に食われるんだぞ!?」

「俺は、それだけのものを貰っている。だから、何だってあげられる。身体だろうが、魂だろうが、心だろうが」

神無の言葉に、迷いはなかった。怯む馬野に、神無は畳み掛ける。

「あんたも相方が大事なら、あんなところに放置してないで助けてやったら？　あんたらの罪の深さは知らないけど、咎人だったらあのくらいで死なないでしょ。放置してても治るかもしれないけど、くそ痛いだろうし」

「……っ、鹿山！」

馬野は弾かれたように、奥の部屋で倒れている鹿山のもとへと向かった。馬野の必死の呼びかけと、鹿山の呻き声だけが聞こえてくる。

御影は心配そうにそれを聞いていたが、神無は「大丈夫でしょ。傷はやべーけど、致命傷じゃなさそうだったし。相方もいるしさ」と御影を安心させるように背中を叩いてやる。

「それよりも、狭霧は何処に行ったわけ？」

「そうだ……！　彼を止めなくては！　だけど、僕の役目は終わったようだし、もしかしたらもう……」

御影は、魔法陣の光がすっかり消えた部屋を見やり、目を伏せる。そして、出来るだけ簡潔に、神無に状況を説明した。

神無は話を聞いているうちに、己の怒りが煮えたぎるのを感じた。

御影の異能を蹂躙し、その上、彼が最も恐れていたことを引き起こしたのが許せなかった。

「あいつ、ぶっ殺してやる……」

「神無君。僕達の目的は、彼の凶行を止め、確保することだ。冷静になって」

「でも、あいつが御影君を！」

声を荒らげる神無の頬を、御影の両手がそっと撫でる。

「有り難う、僕のために怒ってくれて」

御影は神無に微笑む。慈愛に満ちた、包み込むような笑みだ。

そんな顔をされては、振り上げた拳を下ろさざるを得なくなる。

「魔法陣の効果も切れたし、御影君の異能も使い切って、あいつの術は完成したって感じ……？　さっきの地震って、もしかして……」

「災厄の、前触れかもしれない」

御影の言葉に、神無が息を呑む。

その時だった。再び、建物全体が重々しく揺れたのは。

「わっ……！」

ビシビシッと嫌な音を立てて、壁に大きな亀裂が入った。壁の中の鉄骨が軋《きし》む音がする。天井からは、ぱらぱらと粉塵《ふんじん》が落ちてきた。

「今の、ヤバくない？」

「ヤバいね。早く脱出しよう。もしかしたら、この空間自体に限界が来ているのかもしれない」

御影は走り出そうとして、足をふらつかせる。神無の血を分けて貰ったとはいえ、強制的に異能を引き出されたのと、一時的にリミッターが外れた動きをしていたため、身体に負担がかかっていたのだ。

「はい。行くよ、相棒」

神無は御影に手を差し伸べる。御影は微笑み、その手を取った。

「有り難う、相棒」

神無は御影の手を引っ張りながら、元来た道を走り出す。

背後を振り返ると、馬野もタオルで顔を押さえている鹿山に肩を貸しながらやって来た。鹿山の足はふらついているし、タオルは血に染まっていたが、何とか走れる状態だった。

壁の亀裂が追いかけてくる。ビキビキと不吉な音を立てながら、天井が割れて壁が崩壊していく。

通路を何度か曲がったところで、つんとした腐臭がした。

制服姿の遺体が積み重なり、その真ん中に高峰達がいる。ところどころに怪我《けが》をしているものの、三人とも無事だった。

「神無、御影！」

東雲は二人の姿を認めると、自分達の無事と居場所を示すように手を振った。

「お二人とも、無事だったんですね！」

纏はチェーンソーを手に、安堵の笑みを浮かべる。刃に肉片が付着していたので、神無は見ないふりをした。

「二人とも、早くしろ！　ここはもう、持たないぞ！」

高峰がエレベーターのボタンを押すと、それほど待たずに扉が開いた。

彼は東雲と纏を先に促し、神無と御影がやって来たところで一緒に乗る。

向かい側にもエレベーターがあったので、神無はボタンを押しておいた。程なくしてやって来たので、馬野と鹿山もそのエレベーターに乗れるだろう。

「あの警備員達、ちゃんと倒してくれたんだ。数が多いうえにしぶとそうだったけど、流石だね」

「お前達が戻ってくる前に、退路を確保しなくてはと思ってな」

東雲は抜身だった刀を鞘《さや》に収めながら、神無に答えた。

「警備員にされていたご遺体を持ち返れなかったのが残念だが……」

高峰は苦い表情だ。

「御影さんがご無事だったのは良かったんですけど、この地震は……」

纏は、不安そうに天井を見上げる。エレベーターは激しく揺さぶられ、今にも止まりそうだった。

「状況については、僕から説明しよう」

御影は、狭霧が現世の理を歪めて死者を蘇らせようとしていること、そのために、御影の異能を強制的に使ったこと、サンシャイン60周辺に眠る膨大なエーテルを呼び起こそうとしていること、そして、理を歪めるには莫大《ばくだい》なエネルギーが必要になり、その歪みによって災厄が引き起こされるであろうことを伝えた。

「なんと、惨《むご》いことを……」

高峰を始めとして、東雲や纏は御影に労《いた》わるような視線を向ける。「僕のことはいいんだ」と御影は首を横に振った。

「それよりも、これから起きる災厄を防がなくては。エントロピーの逆行が実行されたら、どれだけの被害が起きるか分からない」

御影は焦りを滲ませていた。

「そのエントロピーの逆行って、どういうこと？　死者を蘇らせるっていうのを指しているのは理解出来るんだけど……」

神無は、申し訳なさそうに問う。御影が冷静さを失うほどに恐ろしいことだということしか、理解が及ばなかった。

「この世界は、時間が経てば状況が変化する。珈琲《コーヒー》にミルクを垂らせば、放置していても時間が経てば拡がっていく。それが、エントロピーの増大さ」

「エントロピーが時間に比例する、ってことですか？」

纏が遠慮がちに尋ねると、御影は「この場合、その認識で構わない」と頷いた。

「その逆行ということは、時間を戻すってこと……？」

神無は自分の出した結論が、信じられなかった。だが、御影は重々しく頷いた。

「魔法を使えば、時間も戻せるというのか!?」

高峰は慄くが、「いいや」と御影は否定した。

「それは本来不可能だし、実験をすることすら禁忌とされている。僕達が存在しているのは三次元。線と面、そして空間での移動が可能な世界だ。時間の移動が可能となるのは、理論上は四次元ということになるね」

「ということは、普通は干渉が出来ないはずの、高次元に干渉するということか」

東雲は、眉間にぎゅっと皺を寄せた。

「その通り。もしかしたら、時間を逆行するというのは、四次元では容易なことなのかもしれない。しかし、高次元に干渉するには、莫大なエネルギーが必要になる」

「そもそも、どうやって四次元に干渉するわけ？　二次元に住んでるヒトがいるとしても、俺達に干渉出来なくない？」

「出来なくない」

神無の疑問符を、御影は取り去った。

「魔法を使用する際に必要なエーテルは、多次元に干渉することが出来る」

「なにそれ。何でもありかよ……」

「まあ、僕達が普段感じている重力も、多次元に干渉しているという説があるしね。エーテルがそんな存在でも、僕は驚かないよ」

「マジか。重力のそれも初めて知ったわ……」

神無は苦い顔で高峰らに目配せをしたが、彼らも首を横に振る。知っていたのは、御影だけだったようだ。

「エーテルを利用すれば不可能も可能になる……」

纏は震える声で言った。

「それが、クロウリーの出した結論のようだ。だけど、理に背くことは、世界を歪めること。大きな歪みが、この地を襲うかもしれない」

「陰の気ってやつも、嫌な感じがするしね」

神無がそう言った瞬間、ガクンとエレベーターが止まった。

地震のせいかと身構えたが、エレベーターの扉はするすると開いた。見覚えがある照明と、ずらりと並んだエレベーター、そして、観光客と思しき身なりのいいご婦人方が神無達を迎える。

どうやら、現世のエレベーターホールに戻って来たらしい。悪い夢でも見ていたようだと、神無は狐《きつね》に抓《つま》まれた気持ちになった。願わくは、このまま御影と帰宅して、ヤマトとともに寛《くつろ》ぎたい。

しかし、そんな願望は御影の一言によってかき消された。

「来る」

「えっ」

蒼白《そうはく》な御影に真意を問おうとした神無だったが、突如として、建物を揺さぶる地震に襲われた。

エレベーターに乗ろうとしたご婦人方はぎょっとして、エントランスのソファで眠っていた男は跳ね起きる。

エーテルが見えない神無も、異変に気付いた。背筋を逆なでするような悪寒と、胸がムカつくような感覚に襲われる。

ひどく嫌なものが、迫っている気がする。

背後で、ピシッと何かが割れる音がした。慌てて振り向くと、空間そのものに亀裂が入っていた。

「ど、どういうこと……」

「下がって！」

御影が叫び、一同はそれに従う。腐臭が鼻を突き、神無は戻しそうになった。亀裂から無数の手が伸びたかと思うと、雪崩《なだ》れ込むように何かが押しよせる。それは、狭霧が従えていた生きた屍だった。ご婦人方が悲鳴をあげて逃げ出し、ソファの上の男は転がり落ちる。

亀裂は次々と走り、白濁した目の屍達が溢れ出す。サンシャインのあちらこちらから阿鼻叫喚《あびきようかん》の声が聞こえ、休日の昼下がりは一変して地獄と化した。

「始まって、しまったか……」

御影は絶望的な顔で天井を仰ぐ。

その天井は未《いま》だに揺れ続け、最悪の事態の開幕を報《しら》せていたのであった。

3

Criminal Stigmata

切り裂きジャックとカインの道標

生ける屍は、濁流のように押し寄せてきた。彼らは個々の意思を持っているというより、一つの流れのようですらあった。

最早、体裁を気にしている余裕はない。

東雲《しののめ》は刀を、纏《まとい》はチェーンソーを閃《ひらめ》かせて屍体の腕を斬り足を斬って人々を流れから救い、神無《かんな》と高峰《たかみね》が逃げ遅れた人々の手を引き、時には抱きかかえて、御影《みかげ》が安全な道へと誘導した。

「サンシャイン60全体が異界化している！　この霊場から脱出しないと！」

御影は左目に意識を集中させる。

陰の気を含んだエーテルが溜《た》まっている場所は、異界化が進んだ場所である。陰の気は生きている人間に害を与えるし、異界化している場所には屍体が溢れている。

御影がエーテルの流れを正確に捉えられるので、彼らは比較的安全な道を通って、なんとかビルの外へ脱出した。

人々は赤信号にもかかわらず横断歩道を渡り、対岸のコンビニまで避難する。

子供の泣き声、それを必死にあやす母親の声、何があったんだと戸惑う男性の声と、友人を探す若者の声が渦巻いている。

神無は、幼い少女を抱きかかえて保護していた。避難する時に転んでしまったらしく、屍の濁流に呑まれそうになっていたのだ。

「大丈夫？」

神無が声をかけると、少女はこくんと頷いた。彼女は目を見開いて恐怖に震えたまま、神無の腕の中で固まっていた。

大丈夫ではなさそうだ、と神無は少女が離れたがるまで、抱いていてやることにした。

そうしているうちに、血相を変えた女性がすっ飛んできた。

「お母さん！」

女性を見た少女は、ハッと我に返る。

「あんた、無事だったのね！」

母親は少女をぎゅっと抱きしめる。少女も母親を抱き返したので、神無はそっと彼女に委ねることにした。

「良かったじゃん。お母さんが無事で」

神無が少女に声をかけると、少女は「うん……」と安心したように頷く。

「あなたがうちの子を助けてくれたんですね。有り難うございます」

母親は目を潤ませながら、少女を抱いたまま深々と頭を下げる。

「いや、やべーのは仲間が防いでくれたし、俺は別に、たいしたことしてないっていうか……」

戸惑う神無に、母親は首を横に振った。

「いいえ。あなたは娘の命の恩人です」

「有り難う、お兄ちゃん」

母娘の真っ直ぐな眼差《まなざ》しと、感謝の気持ちは、神無の胸をチクチクと刺した。

そんな、英雄でも見るような眼差しを向けないでくれ、と神無は目をそらす。殺人者である自分にはそんなに感謝をされる資格は、ないのだから。

神無は母娘に軽く手を振り、仲間のもとへと戻る。

高峰は、サンシャインの向かい側にあるコンビニまで避難した人を更に誘導し、ビルから遠ざけるようにしていた。纏は無線を使い、たどたどしいながらも警察に応援を要請している。付近を封鎖するつもりらしい。

東雲は逃げ遅れたと思しき老人を背負いながら、押し寄せる屍体から逃れてこちらへやって来た。

御影は、それを注意深く見つめている。屍の濁流は、道路からこちら側に来ようとせず、ぴたりと止まっていた。

「どういうこと……？」

「境界だよ」

神無の質問に、御影は即座に答えた。

「彼らは概念の制約を大きく受けている。魔の者は、招かれないと人の家に入れないというようにね。境界が壁になっているから、こちら側は安全だ。今のところは」

「……壁を突破する可能性、あるわけ？」

「ある。クロウリーが意図すれば」

御影は何かを探していた。神無の方を向かずに、瞬《まばた》きの一つもせずにビルをねめつけている。

そして、一点を見つめてこう言った。

「いた！」

それは、サンシャイン60の屋上だった。

神無は目を凝らすが、六十階の屋上はあまりにも遠く、誰かがいるような気がするというくらいしか分からなかった。

「クロウリーだ！　エーテルの流れを見ていれば分かる。術者に集中するものだから！」

「そういうこと。視力までずば抜けていいのかと思った」

神無はジャケットの中に仕込んだワイヤーに手を伸ばすものの、屋上まで届くわけがない。だが、サンシャインの出入り口からは屍体の山が溢れ、エレベーターを使えるような状態ではなかった。

「おかしい。奴に盗まれたご遺体は、ここまで多くなかったはずだ……」

高峰は顔を顰《しか》める。

「クロウリーが別の場所でストックしていたか、それとも、概念の産物か……」

御影がそれを見極めようとしたその時、再び地面が揺れた。

人々の悲鳴が上がる。そんな中、サイレン音を響かせながら機動隊がやって来て、バリケードを張りながら人々を避難させた。

機動隊の隊員に紛れるように、五十嵐《いがらし》の姿も見えた。彼は機動隊に的確に指示をし、人払いをする。

人波はあっという間に引いていき、辺りには関係者のみが残った。

一方、大地の揺れは続いていた。

マネキンのように転がっていた屍体の山がピクリと動き、操り人形のような不自然な動きでお互いに絡み合い始めた。

それは人体で作ったパズルのようで悪趣味な光景だった。皆は目が離せなかったが、手は出せなかった。

やがて、屍体は一つとなり、ビル全体を覆って行く。サンシャイン60は、文字通り屍体の山で埋め尽くされた。

屍体が組み合わさったそれは胴のようであり、腕のようなものが二本伸びて、顔のようなものがぬるりと出来上がった。

「巨人だ……」

神無の口をついて出てきたのは、そんな言葉だった。

それはまるで、地面から生えた巨人のようであった。頭上に渦巻く暗雲のせいで、妙に血の気が失《う》せた白い肌が黒ずんでいるようにも見えた。

御影はそれを、苦々しい表情で見つめている。

「土地に渦巻く陰の気の化身とも言えるだろうね。そして、クロウリーの儀式の祭壇だ」

「あれが、祭壇……？　あんなに巨大で悪趣味な祭壇、見たことないんですけど」

神無は頬を引き攣らせる。

「それだけ大掛かりな儀式を行うということさ。あの巨体には、クロウリーの術式が刻まれている。この地の陰の気を搾り取り、全てを死者蘇生に使うためのシステムだ。僕は、この祭壇を完成させるために利用されたらしい」

「あんな悪趣味アンデッドゴーレムを作るために御影君を利用したとか、クソ過ぎでしょ……」

神無は巨人を——いや、巨人の肩に窺《うかが》える人影をねめつけた。

そんな時、機動隊の物々しさなど気にせずに、テレビ局の中継車がやって来た。民放のロゴを堂々と掲げた中継車からは、リポーターとカメラマンなどのスタッフ達がバラバラと現れる。

「早くしろ！　これは数字が稼げるぞ！」

「カメラを回して！　ここからでいいから」

「あれ、ヤバくない……？」

神無が言うや否や、高峰が動いた。

ここでカメラに撮られていたら、咎人《トガビト》である神無達は動けない。彼らの異能は、世間に広く知られるべきものではないから。

「おい！　ここは立ち入り禁止だ！　早く離れろ！」

「この現場の責任者の方ですか？　池袋に突如現れた巨人についてお聞かせくださ い！」

リポーターは強面の高峰に睨まれても、まったく怯まずにマイクを向ける。取り合わない高峰に対して、人々には知る権利がとか、自分達は報道する義務がとか、そんなことを並べ立てていた。

現場が騒然となる中、巨人の腕が動く。

神無達の頭上を通り過ぎ、報道陣に向かって。

「逃げろ！」

神無が叫ぶ。

高峰は気付いてとっさに逃れるものの、食い下がり続けた報道陣は巨大な手にむんずと摑まれた。

「なっ……」

高峰の目の前で、報道陣はなす術もなく巨人の腕にさらわれる。

彼らはもがき苦しみ、カメラマンはそんな状態でも尚《なお》、カメラを回そうとしていたが、ぽっかりと開けられた巨人の口の中に、ぽいと無造作に放り込まれた。

報道陣の悲鳴が、巨人の口の中へと消えて行く。巨人は無慈悲に、口を堅く閉ざした。

「テレビ局の連中を、食った……？」

神無は愕然とする。

「くそっ！」

東雲は刀を抜いて走り出し、巨人の足元に向かって刃を突き立てる。だが、白刃がいたずらに食い込むだけで、手応えはなかった。斬撃は通っているが、相手の物量が圧倒的で意に介さないのだ。

東雲の魔を払う一閃《いっせん》が通じないのならば、その場の皆に、打つ手はない。御影の炎すら、巨人を焼き払うほどの火力はない。

状況は、絶望的だった。

その場にいた者達全員の胸中もまた、暗雲で覆われようとしたその時、曇天を切り裂くほどの騒音が近づいて来た。

ヘリコプターだ。新たな報道陣かと思った神無であったが、様子が違う。

テレビ局のロゴもない黒塗りのヘリコプターは、巨人の周囲を旋回することなく、首都高を挟んでサンシャインの隣にあるタワーマンションへと降り立った。

「もしかして、先生……？」

「マジで？　時任《ときとう》サン？」

御影は頷き、その場から離れる。神無もまた、御影と並んで走り出した。

「高峰、纏、後は任せた！」

東雲もまた、二人に続こうとする。

「待ってください！　私も……！」

纏も追いすがろうとするが、東雲は彼女を目で制止した。

「お前達は、咎人ではあるが警察だ。一般人を守る使命と、それを果たすだけの力がある。防衛はお前達に任せたい」

「でも……」

纏は申し訳なさそうに、高峰や機動隊らを見やる。

彼女はまだ、割り切れていない。罪を犯したばかりで、しかも、身の安全を保障されて力を与えられたことで、気後れしているのは明らかだった。

だが、様子を見ていた機動隊の隊員が叫ぶ。

「指示をくれよ、異能課！　異能のことは俺達には分からないんだ。だから、あんたらの指示が欲しい。あんたらが手を貸してくれれば、人々を守れるからな！」

「皆さん……」

「そういうことだ」

高峰もまた、機動隊員の言葉に頷いた。

「私と五十嵐では、サンシャイン周辺をカバーしきれない。手分けをして確実に人々を守るために、力を貸してくれないか」

纏はしばらくの間、高峰と機動隊員、そして、東雲を交互に見やっていた。

東雲は、静かに頷く。纏もまた、覚悟を決めたように頷いた。

「分かりました。私は私の出来ることを頑張ります。ですから、どうか東雲さんも……皆さんもご無事で！」

「ああ。武運を祈る」

東雲は踵を返し、今度こそ神無らを追いかけた。

高さはサンシャイン60ほどではないが五十階を超えるタワーマンションは、近くまで来ると圧迫感があった。御影達は、住民がエントランスから不安そうに顔を覗《のぞ》かせた隙に、するりとオートロックのドアを抜ける。

優雅なBGMが奏でられる高級ホテルのようなエントランスと、ホテルマンのようなコンシェルジュがいる受付が彼らを迎えるものの、脇目も振らずにエレベーターホールへと急いだ。

「やべーな、このマンション。エレベーターが六つもあるんですけど」

「片方は上層階行きで、もう片方は下層階行きだね」

御影は左右三機ずつ設置されたエレベーターの行き先が異なるのを確認し、上層階行きに乗り込んだ。

さほど時間がかからず、あっという間に最上階に到着する。屋上に通じる扉に鍵がかかっていたが、東雲が刀の柄《つか》でどつき壊してしまった。

扉を開けた瞬間、猛《たけ》るような風が三人を襲う。

マンションは中心が吹き抜けになっているようで、屋上の真ん中には吸い込まれそうな巨穴がぽっかりと開いている。

深淵へと続いているようだ、と神無は思う。吹き抜けからは生ぬるい風が吹きつけて、濁った空へと溶けていった。

「先生！」

御影がそう呼ぶと、ヘリポートから巨人を眺めていた紳士は振り返った。

「また、君にそう呼んで貰えるとはな」

時任は、御影との再会を喜ぶ。だが、御影の表情は硬くなり、「失礼、串刺し公」と目をそらした。

「……君は相変わらず意固地だな。まあ、そうなるほどのことを私がして来たか……」

時任はため息を吐く。

「どうして、時任サンがここに?」と神無は問う。

「自分の禁書を取り戻しに来たのさ」

「悪いね。俺が取って来るって言ったのに、見当たんなくて」

「構わない。恐らく、彼が肌身離さず持っているのだろう」

時任は、巨人の肩を見やる。

地上にいた時よりも、巨人の頭部は近くに見えた。

そして、肩の上にいる狭霧《さぎり》の姿も目視が出来る。手をいくら伸ばしても、届かない位置にいるが。

「彼は、周辺の陰の気とエーテルを使って、エントロピーの逆行を行い、死者蘇生を実行するつもりです」

「成程。禁書に記された蘇生魔術では、彼の願望を満たせないと思ったのか。禁書の理論を応用し、より完全な方法で蘇生を行うつもりだな」

御影は、時任と情報共有をする。神無達には理解し難い単語がいくつか登場したもののの、時任には問題なかったらしく、しきりに頷いて相槌を打っていた。

「彼が研究の末に編みだした術式に興味はあるが、そんな悠長なことを言っていられないようだな」

巨人の身体が、徐々に膨らんでいるような気がする。サンシャイン60だけを取り込んでいたはずが、今や、隣の展示ホールまでも呑み込もうとしていた。

地上では機動隊がバリケードを作っているが、巨人の身体がそれを突破するのも時間の問題だ。

そうしているうちに、巨人はまたもや、地上に向けて腕を伸ばしていた。纏の応戦で、辛うじてバリケードを越えなかったものの、バリケードの外にいる人間達を確実に狙っていた。

「陰の気とエーテルだけでは足りないのだろう。生贄が必要なようだ」

時任は冷静に分析する。

「どれだけ強欲なんだ、クソッ！」

神無はもどかしい気持ちで悪態を吐いた。

「彼に、力を使う術を与えてしまった私の責任でもある。それに、咎人の存在が危険なものとして周知されるのも本意ではない」

「では、力を貸して下さると？」

御影は時任に尋ねる。

「協力関係を結ぶ、というのに近いな。我々の目的は同じ、狭霧を止めることだ」

「いいでしょう」

御影は了承し、神無と東雲もまた頷いた。

「狭霧を倒せばいいわけ？」

神無はサバイバルナイフを手にして問う。

「いいや。あの様子だと巨人も自律しているようだからね。クロウリーを確保して、かつ、巨人を破壊しなくてはいけない」

御影は苦々しげに巨人をねめつける。

「破壊なら、俺の役目でしょ」

神無はそう言って進み出た。

「でも……」

御影の表情が曇った一瞬を、神無は見逃さなかった。続く言葉を遮るように、神無はまくし立てる。

「ヤれそうなのにヤらないとか、それって巨人に食われる奴を見殺しにするってことじゃん。俺はまた、人を殺したくないし」

神無は皮肉めいた笑みを浮かべた。御影もまた、神無に苦笑を返す。

「そうだね。あれほど大きな身体では、いくら達人のジャンヌや、僕や先生の火力だろうと破壊は難しい。神無君の異能で弱点を探り当てれば、最小限の力で最大限の効果を上げられる」

御影は、そっと神無の胸に自分の手を重ねた。柔らかく、優しい手のひらだった。

「心配してんの？」

「しない理由はないね。君を信用しているけれど、それ以上に、君の身を案じてしまう僕を許しておくれ」

「……どうやったら、心配が消える？」

神無は、御影の手にそっと自分の手のひらを重ねた。

「約束をして欲しい。必ず、僕のもとへ帰ってくると」

「そんなの、当たり前のことじゃん」

神無の言葉に、躊躇いはなかった。

「あまり怪我をしないようにね」

「それは難しくない……？」

神無の語尾が急に小さくなる。

「案ずるな。私も行く。降りかかる火の粉は払ってやろう」

東雲は、ぽんと神無の肩を叩いた。

「頼もしいよ、ジャンヌ。ただ、君も無理をしないで欲しい。僕にとって、君も大切な友人なのだから」

「ふっ、光栄だ」

東雲は御影に笑い返すと、巨人の方へと振り向いた。

「問題は、どう行くかだな」

「一気に肩を目指す方法がある」

時任は、御影の方へと歩み寄った。御影は半歩退くが、気にした様子はない。

「そうだろう、御影君」

「それは、僕の指示に従ってくれるということですか？」

「私を当てにしてくれている君に応えようというのさ」

御影のやや棘を含んだ問いかけに、時任は穏やかに応じた。

ピリピリした緊張感に、神無はタワーマンションの屋上で師弟喧嘩《げんか》が勃発しないかハラハラする。

だが、そんな心配も杞憂《きゆう》だった。御影は咳払《せきばら》いをして気を取り直すと、巨人の方を見やった。

「僕が巨人を攪乱して、道を作る。巨人の一撃は致命的だし、出来るだけ君達にそれが及ばぬよう、僕も全力を賭して援護をしよう」

「だけど、そんなに異能を使ったら御影君は……」

先ほども力を搾り取られたばかりだ。神無の血を口にしたとはいえ、全快はしていないだろう。

「その点は、私がフォローする」と時任が言った。

「時任サンの魔法で?」

「いいや、私の異能だ。私は『霊力増幅』の異能を持っている。一時的にエーテル許容量を増幅させ、かつ、大量のエーテルを集約させることが出来る。私が異能で補助をすれば、御影君への負担は大幅に減るのだよ」

「あ、そうか。時任サンは元々魔法使いで、異能で底上げしてるんだっけ。強力なバフ使いなのは助かるわ」

時任が難易度の高そうな魔法を次々と駆使していたのも、その異能のお陰なのだろう。あの結界の中にある城も、その異能があってこそ維持できているのかもしれない。

「では、お互い無事に再会することを祈ろう」

御影の言葉に、神無と東雲、そして時任が頷く。

時任が手にしていた杖で屋上の床を叩くと、一瞬にして輝ける魔法陣が展開された。それは御影の足元まで伸び、御影の頬には聖痕《スティグマ》が浮かび上がる。

「我が盟約により従え、文明を生み出したるプロメテウスの光よ。汝《なんじ》らとともに、我が障害を焼き尽くさん」

御影が唱え始めると、吹き抜けから見えていたマンションの外廊下の照明が点滅し始める。時任の力を借りて、マンションの施設から生み出されている熱を魔法に変換するつもりらしい。

「おいで、愛してあげる」

御影がそう告げた瞬間、マンションの廊下の明かりはふっと消えた。

そして、御影に吸い寄せられるように、とてつもない力が集まるのを感じる。

それらは時任が制御する魔法陣の中へと消えて行き、魔法陣が描く軌跡を通って御影へと集約された。

御影の頭上に熱が集まり、火球が生まれる。それは神無が見たことのないほどの大きさで、太陽のごとく燃え盛っていた。

肌が焦がされるように熱い。御影は携えたステッキで狙いを定め、巨人の肩にいるであろう狭霧を目掛けて叫んだ。

「理に逆らう魔術師に火刑を！　――『火焔乱舞《エクスプロードイリュージョン》』！」

火球は轟々《ごうごう》と燃え盛りながら、流星のごとく巨人へと向かう。巨人は振り返るものの、火球を振り払う間もなく顔面で受けてしまった。

「あれでチェックメイトでは……」

あまりの勢いに、神無は息を吞む。「いや」と御影は否定した。

「距離が遠すぎる。着弾までにかなりのエネルギーを使っているから、威力は期待できないね……」

火の粉が飛び散るものの、巨人の顔面は無傷だった。

巨人が腕を振り被ると、それはゴム人形のように伸びた。風を切る音が聞こえ、腕が一気に迫る。

「避けろ！」

東雲が叫び、四人は散開する。

巨人の手のひらは屋上のフェンスを破壊し、床に亀裂を生みだした。

「今だ！」

巨人の腕が離れようとするその瞬間、神無はその腕にワイヤーを投げ放つ。フックが太い指に絡み、神無は東雲とともに巨人の腕へと乗り移った。

神無が御影の方を振り向くと、御影も神無を見つめていた。

お互いの無事を祈るように、そして、お互いの成功を信じるように視線をかわし合う。

二人には、それで充分だった。

「行こう」

「私が先行しよう」

神無の前を、東雲が抜身の刀を構えながら走る。

本体に戻ろうとする腕の上は、足場が安定しない。しかし、東雲は慣れた足取りで本体へと接近し、神無もまた、時にはワイヤーを使いつつ、身軽な動作で先へ進んだ。

このままなら、問題なく本体へ辿り着ける。

眼下には、首都高が見える。真っ直ぐ延びた先には、複雑に絡み合うジャンクションが窺えた。

やがて、巨人の肩で佇む狭霧の姿がハッキリと見えるようになった。

「絶対にぶん殴ってやる……」

神無はナイフを携えた手で拳を握る。

そんな殺気立った視線に気づいてか、狭霧は振り向いた。その目を見て、神無はぎょっとする。

彼はひどく、淀《よど》んだ目をしていた。顔色は屍体にも負けぬほど悪いのに、その口元には笑みが張りつけられている。

これだけの術を行使して、彼が無事であるはずがない。いつ倒れてもおかしくない状態なのに、気力だけで立っているのだろう。

それなのに笑っているのは、目的の達成が近いからか。

強欲に淀んだ感情を見せつけられて二人が怯んだその隙に、狭霧は指先をちょいと動かした。

次の瞬間、ずるりと巨人の腕から何かが生える。

ゆらゆらと揺れる細いものは、人間の腕だ。巨人の腕から、屍体の上半身が幾つも生えていた。

彼らは白濁した目で神無と東雲を見上げ、すがりつくように足へとまとわりつく。

「キモいんだっての！」

神無は彼らの手を斬り飛ばすものの、切り口からイソギンチャクのようにでたらめな動きで指が生え、あっという間に手が再生した。

「は⁉」

「私に任せろ！」

東雲が躍り出て、伸びてきた手を斬り伏せた。退魔の異能で斬られた腕は、二度と再生しなかった。

「大丈夫か」

「気色悪過ぎでしょ……」

神無は額に滲んだ冷や汗を拭う。

次から次へと生えてくる屍体を東雲が斬るものの、キリがない。少しずつ狭霧に近づいているが、このままでは体力の限界に達するかもしれなかった。

そんな中、巨人のもう片方の腕が神無達に振り下ろされる。

「こいつ……！」

「このままでは、近づけないぞ……！」

神無と東雲は寸前のところで跳んで避けるものの、腕は蚊でも潰すかのように容赦なく二人に下ろされる。

そうしているうちにも、巨人の胴が肥大化し、先ほどまで避難先だったコンビニエンスストアすら呑み込もうとしていた。

乗り捨てられた車が巨人の腹に取り込まれ、機動隊は高峰達の指示に従いつつ、包囲網を広げていく。

池袋駅東口に通じるサンシャイン60通りが、すぐそばまで迫っていた。その先には、観光にやって来た大勢の人がいる。

一体、どれほどのものを呑み込めば儀式が完成するのか。このまま、池袋全土を覆ってしまうのではないだろうか。


その様子を、御影もタワーマンションの屋上から眺めていた。

巨人の胴は、じわじわと首都高を呑み込んでタワーマンションにも迫っている。そんな中、御影はぎゅっと拳を握りしめた。

「先生」

「なにかな?」

　御影は、巨人をねめつけたまま問う。

「その歯、全てご自分の物ですよね？」

「君が思っているほど、私は年老いていないと答えておこうか」

「ならば、歯を食いしばれますね？」

　御影の問いに、時任は怪訝な顔をした。

　そんな彼の前で、御影は右目を覆っていた眼帯をするりと外す。

「まさか……！」

「刹那《せつな》のお陰で、僕はソロモン王の力の一端を使えるようになりました。ソロモン王に力を貸した魔神であれば、あの巨体に対抗出来るはず」

「しかし、通常の召喚で最適化された魔神のスケールでは、あの巨体には敵《かな》わないかもしれんぞ」

　時任の言う通り、刹那が召喚したグラシャー・ラボラスも、御影が召喚したフェネクスも、巨人が相手ではバッタや蝶々《ちょうちょう》程度の大きさだ。

　しかし、御影には策があった。

「通常ではない召喚方法で、魔神の王を召喚すればいいのです。最強クラスの魔神を、概念世界の姿そのままに具現化すればいい」

通常の召喚では、魔神は術者に負担がない程度のスケールで具現化する。概念世界における純粋な姿では、具現化するだけで術者の力を根こそぎ奪ってしまう可能性があるからだ。

先日召喚したグラシャー・ラボラスもフェネクスも、本来の力はあんなものではない。

だが、本来の力を引き出せば、御影の肉体も無事では済まなかっただろう。そもそも、具現化に必要なエーテルが多過ぎて、掻き集めることすら困難なのだが。

「幸い、あなたの異能があれば、召喚に必要になる膨大なエーテルも確保出来ますし」

「ソロモン王と契約した魔神の王……？　もしや、あの存在を呼ぶというのか⁉」

「あなたが神無君に背負わせた大罪とも一致するので、ご縁もありますしね」

七つの大罪のうち、『色欲』を司《つかさど》る魔神。

それは地獄の王の一柱で、ソロモン王が契約した最強クラスの魔神でもあった。

悪魔に少しでも詳しい者であれば、誰もが知っている大物である。

「確かにあの魔神であれば、巨人の動きを封じることが出来るだろう。だが……」

「僕達がお呼び立てするので、先生はエーテルの制御をお願いします。恐らく、僕達ではおもてなしという名の維持で手一杯なので」

振り返った御影は冗談っぽく微笑み、しかし、腹を括《くく》ったような目をしていた。

「一緒に、歯を食いしばって下さい」

異形化した左目は赤、刹那の眼球を入れた右目は黒のはずの御影は、両目が金色に輝いていた。

「ソロモン王の代行として、この身を捧ぐ！」

御影の声は曇天に響き渡り、生ぬるい風が吹きつけた。

「第三十二の魔神、七十二の軍団を従える大いなる王！　アスモデウス公を我が宴に招待する！」

暗雲が一層濃くなり、頭上では雷鳴が轟《とどろ》いていた。御影と刹那の聖痕が重なり合い、燃えるように輝いている。

雷光が閃き、御影の頭上に複雑な図形を描いた。タワーマンション全体を覆ってしまうほどの、巨大な魔法陣だった。

「どうか、慈悲を」

御影は祈るように呟く。

上空から圧迫するような暴風が吹き荒れ、御影の白髪を躍らせた。体内を、自身が受け止めきれないほどのエーテルが駆け巡る。それらを異能で変換しなくては、魔神を具現化出来ないのだ。

あまりの激痛に御影は悲鳴を上げそうになったが、歯を食いしばって耐えた。

時任は恐らく、御影に出来るだけ負担が行かないようにエーテルを調整しているはずだ。それなのに、身体がバラバラになりそうだった。

魔法陣から、ずるりと長い首が現れる。それは、一対の角を持った漆黒の竜であった。

だが、それが目当ての魔神でないことを、御影は知っていた。彼は竜にまたがり、禍々《まがまが》しい姿で現れる。

やがて、魔法陣が炎に包まれた。魔法陣の向こうから、燃え盛る炎が現れる。それが、呼び出した存在の吐息だと気付くのに、少しの時間を要した。

『吾輩《わがはい》をこの姿で呼ぶ術者が現れるとは、――何百年ぶりのことか』

ドラゴンにまたがった、炎の吐息を有した魔神が姿を見せた。

感慨深げに話しているのは、恐ろしい形相の男の顔であった。だが、その左右には牡牛《おうし》の頭と、牡羊《おひつじ》の頭が生えていた。蛇のような尾がしなり、その度に生ぬるい風を巻き起こす。

三頭の魔神、アスモデウス。

数学や天文学、幾何学に精通した聡明《そうめい》な魔神であり、ソロモン王が契約した中で最も強力で、全ての魔神の中でも屈指の存在だ。

そんな彼を召喚しても尚、災厄が引き起こされないのは、御影と時任の制御の賜物《たまもの》というだけではない。

アスモデウスは古《いにしえ》より人類と交流があり、術者との交渉に慣れているのだ。

そうでなければ、御影は彼を呼ばなかった。人との交渉に耳を傾けない魔神であれば、術者のエーテルを全て喰らい、指先一つでビルを吹き飛ばす可能性すらあるからだ。

御影は乱れる呼吸を何とか整え、巨体のアスモデウスを仰ぎ見る。

「本来、あなたをお呼びする時は、もう少しお話のしやすいお姿にするのでしょうけれど」

『術者と交渉するための、人の世に相応しい姿も持っている。力を抑えた姿でなければ、術者はおろか、吾輩ですら、概念世界と物質世界の境界を越えることは不可能だからな』

アスモデウスの言葉には、それを成し得た御影に対する賞賛が含まれていた。

意思の疎通は出来るし、やりやすい相手だと御影は安堵する。尤《もっと》も、維持は容易ではないが。

『吾輩をこの姿で呼んだということは、パーティーの会場の都合だろう？』

「流石はアスモデウス公、話が早い。あなたの舞踏を、披露して頂きたいのです。アスモデウス公でなくてはお相手出来ない輩《やから》がおりまして」

御影は右目に集中し、刹那の『概念変換』を応用せんとする。御影がアスモデウスの力を借りて魔法を使うよりも、アスモデウスに任せたほうが良さそうだ。

『名は？』

「申し遅れました。御影とでもお呼びください」

御影は恭しく首を垂れ、アスモデウスをまじまじと見上げていた時任もまた、交渉の邪魔にならぬよう半歩下がり、頭を下げて礼を示す。

一方、巨人はアスモデウスの存在に気づき、神無達を潰そうとしていた腕をマンションに向かって伸ばした。牡羊の頭が雄叫《おたけ》びをあげ、牡牛の頭が炎の息を漏らす。

『気に入った。魔力が尽きるまでつき合ってやろうではないか、ミカゲ！』

アスモデウスの右手は、巨人の腕をしっかりと捕らえる。牡牛の頭が炎を吐き、巨人の腕は派手に燃え上がった。

「ご協力、感謝します……」

御影は激痛が駆け巡る全身に鞭打《むちう》ち、アスモデウスを維持しようと集中する。

「無理をするな」

時任が気遣うように声をかけるが、「貴方《あなた》こそ」と御影は突っぱねた。

身体のあちらこちらが熱い。血管が燃え上がってしまいそうだ。御影は二、三度咳《せ》き込むと、口の中に血の味が拡がるのを感じる。時任に気づかれたら術を中断されるかもしれないと思って、知らぬふりをして飲み込んだ。

「一歩踏み外せば化け物に成り下がってしまう僕を、君は受け入れてくれたんだ……。だから、僕は全力で君を守るよ、神無君」

神無の無事を想《おも》えば、どんな痛みにも耐えられる。

御影は気持ちを持ち直すと、自らの役目に集中したのであった。


神無は、自分達を潰さんとしていた巨人の腕が、何の前触れもなく明後日《あさって》の方へと向かったことに目を丸くする。

一体、何が起きたのか。

神無と東雲は腕が向かった方を見やるが、そこで更にギョッとした。

「なにあれ!?」

「あれは悪魔……。いいや、魔神か……？」

不気味な巨人の腕を、猛々《たけだけ》しい姿の魔神が易々《やすやす》と捕らえていた。自分達よりも遥《はる》かに大きなスケールで繰り広げられるそれに、怪獣映画でも見ている気分になる。

巨人の腕が燃え上がるのを見て、その力は圧倒的だと思った。だが、制御を誤れば池袋が火の海になる危険性もあった。

恐らく、足止めの域を出ないだろう。巨人を始末するのは、やはり、小回りが利く神無でないといけないのだ。

「あの三つの頭、ゲームで見たことがある気がする……。あれじゃね？　アスモデウスっていう大悪魔」

「七つの大罪のうち、『色欲』を司る魔神だな。御影が呼び出したのだろう。お前に、加護があるようにと」

「加護くれんの？　悪魔が？」

魔神であろうとも、召喚者に利益をもたらすことを、神無は知らなかった。

だが、目に見える変化はあった。

巨人は突如現れた脅威に対して、全集中力を注ぎ始めたのだ。神無達を捕らえようとしていた屍体は引っ込み、道が開けている。

ただし、自分達の足場である腕もまた、魔神に伸ばされようとしているが。

「東雲ちゃん！」

「ああ！」

神無と東雲は、巨人の頭部に向かって跳躍する。神無は頭部に飛び移り、東雲は肩にいる狭霧に向かって刀を振り被った。

「まさか、地獄の王の一柱であるアスモデウスを呼ぶとはな！」

狭霧は、儀式用の短剣で東雲の白刃を受ける。ギィンという耳障りな金属音が、辺りに響いた。

「年貢の納め時だ！　術式を解いて取り込んだ人々を解放しろ！」

単純な力のぶつかり合いでは、鍛錬を積んだ東雲の方が強かった。

圧される狭霧であったが、その間にぬるりと屍体が割り込んだ。二人の間から、急に生えてきたのである。

「こいつ！」

東雲は屍体を斬り、その間に狭霧は間合いの外へと逃れていた。

「あいつ、時間稼ぎを……！」

神無は舌打ちをする。

サンシャイン60よりも高い巨人の頭部からは、池袋の全土を見渡すことが出来た。こんな状況でなければ、どれだけ気持ちが良かったことか。

冷たい風が神無の頰に吹き付ける。

冷静にならなくては。何か、巨人を止める手立てはあるはずだ。御影が時間を稼いでいるうちに、仕留めなくてはいけない。

「事故で相棒を喪った貴様には同情する。だが、何もかも犠牲にして、取り戻していいというものではない！」

東雲は、次から次へと湧き出す屍体を薙《な》ぎ払いながら叫ぶ。

だが、狭霧は「綺麗ごとや説教は聞き飽きたよ」と取り付く島もない。

「貴様の巨人が喰らった人間にも、貴様と同じように相棒がいたかもしれないというのに！」

「悲しみの連鎖が起こるとでも？　それが、俺の目的の遂行と何の関係があるんだ？」

「この……！」

東雲が歯噛《はが》みをする。一方、狭霧の視線は神無へと向いた。

「君も、俺の気持ちが分かるはずだ」

「は？　何言って――」

「君の相棒がいなくなったら、俺と同じことをするだろう。もし、何人かの人間を生贄に捧げれば亡き相棒が復活するとしたら、君もそうするだろう？」

そんなことない、とは言えなかった。即座に、否定しようとしたというのに。

神無は何も言えなくなった自分に、驚愕《きようがく》していた。

(御影君が、死んだら……？)

咎人は罪を償うまで死ねない。だが、永遠に死なないわけではない。

死が二人を分かつ時は、必ず来るのだ。

想像しただけで、身体が戦慄《わなな》くのを感じた。意識が遠くなりそうなのを、必死に手繰り寄せた。

もし、何人かを捧げることで、喪われた彼が復活するとしたら。再び、自分に微笑んでくれるとしたら。

関係のない人間数人と引き換えならば、安いのではないだろうか。

「……しない」

「何？」

神無の答えに、狭霧は怪訝な顔をする。

「そんなこと、しない。御影君は、そうして欲しいと思わないだろうから」

「神無……！」

黙ってやり取りを見つめていた東雲は、安堵するように名を呼んだ。

一方、狭霧は初めて、動揺と驚愕を露わにする。

「綺麗ごとを！　君は相棒を、取り戻したいと思わないのか！　奪われたものを取り返し、再び手に入れたいと願わないのか！」

「……そりゃあ、何を犠牲にしたって、御影君を取り戻したいと思う。でも、そんなことしたら、御影君が蘇った時に絶対悲しむでしょ。それじゃあ、命を救っても魂と心を地獄に突き落とすことになる。御影君は俺の大切な人だから、俺のエゴで苦しめたくはない」

「では、君は喪失を受け入れると……？」

「受け入れたくないけど、受け入れるしかない。俺は御影君の心まで殺したくはないし。これも、俺のエゴかもしれないけど」

神無は苦笑する。

「で、あんたはその辺、どうなってるわけ？　あんたの相棒は、この有り様を喜ぶの？　今ここで蘇ったとして、この池袋を見て救われるのか⁉」

巨人の腹部からは枝葉のように肉塊が伸び、サンシャイン60通りにまで達していた。逃げ遅れた人々は、今も尚、成長し続けるそれに呑み込まれていく。

高峰達が人々を誘導するが、人が多すぎるのと範囲が広すぎる。辺りは阿鼻叫喚に満ちており、まさに地獄絵図だった。

「あんたは自分で手に入れることしか考えてないんだ。相棒が蘇れば、ハイ終わりってわけじゃないだろ⁉　身体と魂さえ再生出来れば、心は殺してもいいのかよ！」

「知った口を……！」

狭霧の憎悪が剝き出しになる。彼の暗い泥のような感情の内側に隠した、本心が垣《かい》間見《まみ》えた気がした。

彼は憎いのだ。相棒を奪った世界が。

この仕打ちは、そんな世界への復讐《ふくしゅう》なのかもしれない。

その時である。神無は、意識が何かに引き寄せられるのを感じた。

巨人の虚《うつ》ろな顔の額に、ぼんやりと人のようなものが見える。

「罪の根源……！」

それは、異形化した纏にも存在した急所である。屍の巨人もまた、狭霧の異能を使って造られたものだから、罪の根源が存在しているというのか。

神無は、躊躇いなく巨人の額にナイフを振りかざす。神無にしか見えない、それに向かって。

「やめろ！」

狭霧が叫ぶのと、神無がナイフを振り下ろすのは、同時だった。

肉を割く感触が、凶器を介して手のひらに伝わる。何度味わっても嫌悪感が拭えないが、神無は構わず切り裂いた。

切り裂かれた場所から、ずるりと何かが顔を出した。

長い髪に、しなやかな肢体。手足と後頭部は巨人の額の中に埋まったままであったが、それは今までの屍体とは違い、頬はほんのりと淡紅色で唇は瑞々《みずみず》しく、弱々しくはあるが、胸は呼吸で上下していた。

どう見ても、眠っているだけの女性だった。揺さぶれば、今にも目を覚ましそうだった。

「まさか……、『枇々木《ひびき》』……」

警察時代の狭霧の相棒にして、彼を庇って殉職した人物。そして、彼がどんな手段を用いても蘇らせようとした人物だった。

「彼女に触るな！」

狭霧はなりふり構わず、神無に摑みかかろうとする。だが、その行く手を東雲が阻んだ。

「どけ！」

狭霧は強引に東雲を突き飛ばそうとするものの、東雲は巨木のように動かない。

「神無、お前がやるべきだと思うことをやれ！　お前には、見えているはずだ！」

そう、神無には見えていた。

枇々木という人物に、複雑な模様を描くような亀裂があった。それは実際に存在しているのではなく、神無が異能で知覚しているものだった。

つまりは、必殺のための急所である。速やかに対象を死に導くための、暗殺者にしか見えない軌跡であった。

罪の根源たる枇々木の身体を切り刻めば、巨人は停止して狭霧の術式は霧散する。

それで、地上の人々は助かるはずだ。呑み込まれた人々はどうなるか分からないが、少なくとも、これ以上、犠牲者を増やさずに済むのである。

だが、神無の身体は動かなかった。

まさか、狭霧の死者蘇生の術がほぼ完成していたなんて。そして、枇々木が女性だなんて。

(また俺は、殺すのか……?)

数々の女性を切り裂いて罪を重ねた神無は、もう二度と、同じ過ちを繰り返すまいと心に誓っていたのに。

躊躇う神無の目の前で、枇々木は、二、三度咳き込んだ。彼女は外気をめいっぱい吸うと、震える唇でこう言った。

「おねがい……」

閉ざされていた瞼《まぶた》が、ゆっくりと開かれる。彼女の瞳は、皮を剝いたばかりの果実のように瑞々しく、宝石にも負けない生命の輝きを宿していた。

その、生者そのものである彼女は、神無を真っ直ぐに見つめて懇願する。

「私を、ころして……」

「晴菜《はるな》!」

狭霧が叫ぶ。それが、枇々木の名前なのだろう。

「ごめん!」

神無の覚悟を決めた一閃が、枇々木の新鮮な肉を裂いた。

喋れるほどに意識がハッキリしている彼女が、痛みを感じないはずがなかった。なのに、彼女は悲鳴の一つもあげず、執行人である神無を安心させるように微笑んでいた。

神無は、彼女が示す軌跡を辿ることに集中した。返り血が頬を染めるたびに、彼女の、いや、彼女を構成した狭霧の記憶が焼き付いて離れなかった。

狭霧こと獅堂八房《しどうやつふさ》は、大きな家に生まれた長男だった。先祖は陰陽術だか呪術だかを生業《なりわい》としていたらしく、倉には胡散臭《うさんくさ》い書物がやたらとあった。資産もあり、両親もそれなりの職についていたので、八房もまた、それなりの教育を受けて、それなりの職について家を守るはずだった。

だが、八房は勉学に集中出来なかった。彼には、彼にしか見えないものが見えていたのだ。

世間はそれを、幽霊と呼んでいた。先祖の書物の中には、その場の記憶の残滓《ざんし》が霊力と反応して生じた残像なのだと書かれていたが、いずれにしても、他人には見えないそれが、八房の生活を邪魔していることには変わりがなかった。

両親は、幽霊を見ることがなかった。八房の訴えは全て戯言《たわごと》として片付けられ、出来損ないの烙印《らくいん》を押されたのである。

「それって、逆じゃないかな。キミはご先祖様みたいにデキる人だったんだよ。でも、他の人にはその価値が分かんないから、正当な評価を得られなかったんだと思う」

幽霊を見ない方法を探しているうちにオカルトに傾倒した八房は、０課にスカウトをされていた。その先で、枇々木晴菜と出会った。

「人の価値ってさ、一つの物差しじゃ測れないんだよね。キミの両親や世間の物差しでは、キミが測れなかっただけ。体温は体重計じゃ測れないでしょ。それと同じだよ」

八房と組まされた枇々木は、明るくて前向きな人物だった。常に難しい顔をしている八房の隣で、いつも笑顔で佇んでいた。

「そもそも、体温と体重では、全く別次元の話のように思えるが」

「あーっ、人が励ましてるのに、そういうこと言う？　もう、励ましてやらないですよーだ」

枇々木は子供のように頬を膨らまし、わざとらしく拗《す》ねてみせる。

「フッ、とても成人には見えないな」

八房は苦笑した。それを見て、枇々木はパッと表情を輝かせた。

「あはっ。八房君、やっと笑ってくれたね」

「……ファーストネームで呼ばないでくれ」

「またしかめっ面になるし……。良いと思うんだけどな。名前を呼び合った方が親しくなれて、連携が取り易くなるんじゃない？」

「あまり、他人と距離を縮めたくないんだ。それに、俺達は仲良しクラブじゃない。特殊な任務を帯びた警官なんだぞ」

「そうだけどさ。八房君が心を開いたところ、もうちょっと見てみたいな。そうすれば、私ももっと力になれると思う」

もう、充分過ぎるほど力になれているということは、八房は気恥ずかしくて言えなかった。

距離を縮めたくないというのも、単に、喪失が恐ろしいからという理由だった。

幽霊が過去の残像ならば、死者と会う術はない。もし、彼女が唯一無二の存在になったとしても、彼女が喪われてしまったら、どれだけ打ちひしがれるか想像が出来ない。

そう思う頃には、八房にとって、枇々木は唯一無二の存在になっていた。

八房は、その自覚がなかった。彼女を喪う、その時までは。

相棒を喪ってしまった彼の心は、先の見えぬ霧の中に沈んだ。

彼女が呼んでくれた名前を捨て、霧に惑う自身を体現するかのように、狭霧と名乗ることにしたのであった。


枇々木の肉体が崩れると同時に、全ての崩壊が始まった。

巨人のあちらこちらに亀裂が走り、音を立てて壊れていく。そして、辺りに渦巻いていた淀んだ気も、少しずつ霧散していくような気がした。

「ありがとう……」

かすかに動く唇で、枇々木は言った。

「かれに、伝えて……。会えてよかった、って……」

落ち込みやすくて繊細な彼だから、少しでも前向きな言葉を贈りたかった。そんな彼女の祈りは、神無の耳を掠《かす》めて風の中に溶けていった。

彼女は、安らかに目をつぶって彼岸へと渡った。その向こうでは、くずおれる狭霧の姿があった。

「狭霧……」

神無は、弱々しくうなだれる男に相棒の遺言を伝えようとする。だが、彼に歩み寄ろうとしたその時、地響きをあげながら、足場が完全に崩落した。

「神無！」

落下しそうな神無に、東雲が手を伸ばす。神無はそれを掴み、狭霧にも手を伸ばそうとするが、彼は崩れ落ちる巨人の肉塊の中へと消えて行った。

ホルスターに収め損ねた、神無のサバイバルナイフとともに。

「くそっ……！」

「今は自分が助かることに集中しろ！　この高さから落ちたら、我々がいかに咎人といえど、無事では済まないぞ！」

東雲は何とか無事な足場を探すものの、次から次へと崩れて行く。二人が地上六十階以上の高さから地面に叩き付けられるのも、時間の問題だった。

「まずい……！」

東雲は叫ぶ。

その時、神無の耳に天を切り裂く爆音が聞こえた。ヘリのプロペラの音だ。

「神無君、ジャンヌ！」

黒塗りのヘリコプターから、御影が二人を呼ぶ。神無はヘリコプターの脚にワイヤーを飛ばし、東雲をそこに掴まらせた。

「魔神は!?」

「お帰り頂いたよ！　僕が力尽きる前に、事が済んでよかった！」

「まったく。若い者は無茶が過ぎる」

操縦席にいる時任は、何処か愉快そうにそう言った。

東雲は御影の手を借り、先に機内へと促される。そして、ワイヤーを掴んでいた神無にも御影の手が伸ばされた瞬間、異変が起こった。

崩れゆく巨人の一部が、ヘリコプターを掠めたのである。

がくん、と機体が大きく揺れる。

「くっ……！」

時任は機体を何とか持ち直すが、既に体力の限界に達していた神無には、充分残酷な振動だった。

「あっ」

神無の手から、ずるりとワイヤーが抜けてしまう。神無はそのまま、空中へと放り出された。

「マジか……」

何も摑まるもののない空中へと投げ出された神無は、地上から吹き上げる激しい風に叩き付けられる。

いいや、これは上昇気流ではない。自分が、物凄《ものすご》い勢いで落下しているのだ。

このまま落ちたら、どうなってしまうのか。大怪我では済まないどころか、バラバラというのも生易しいだろう。

それで罪が清算されれば死ぬ。清算が済まなければ、肉片になっても生き続けなくてはならないのか。

どちらにしても、御免被りたい。

神無は歯を食いしばり、必死に空中でもがいた。無駄だと分かっていても、何かに引っかかればいいと手を伸ばした。

だが、その手を取る者がいた。

「神無君!」

「御影君!?」

それは、神無の相棒である御影であった。御影は驚愕する神無の両手をしっかりと握り、風の抵抗にも負けずに抱き寄せる。

「どうしてここに！」

「君を、助けるために」

「魔法でどうにかしてくれんの？」

「生憎と、そんな余力もなくてね」

神無の期待を、御影は笑顔で裏切った。絶体絶命の状況なのに、神無は御影の頬を叩きたくなった。

「じゃあ、何で来たのさ。俺と一緒に落ちてくれるってわけ？」

「それも悪くないね。でも、お互いに無事であることを願ったのだから――」

神無は、御影が何か大きなものを背負っていることに気づく。彼は、それから伸びた紐《ひも》を思いっ切り引っ張った。

「文明の利器を使おうと思ってね」

ぱっと広がったそれを、キノコの笠《かさ》が咲いたのかと神無は錯覚してしまった。

それのお陰で、二人の落下速度は途端に緩やかなものになり、地上に映る二人の影は優雅に空を舞っているようにすら見えた。

「パラシュートじゃん！　あるなら最初から言えって！」

「ふふっ、元気そうで何よりだよ」

御影の慈しみに満ちた微笑を前にすると、神無は何も言えなくなってしまった。御影はしっかりと神無を抱き、神無もまた、御影を離さないようにしがみつく。

やがて、二人はサンシャイン前にある大通りに降り立った。

警察が人々を避難させたため、走っている車は一台もなかった。まるで、ゴーストタウンだ。

暗雲はちぎれ、太陽の光が辺りを照らす。ひんやりした空気が、やけに心地よい。すぐそばを見上げると、サンシャイン60が静かにたたずんでいた。辺りに巨人の痕跡はなく、肉片の一つも残っていない。

そして、巨人に食われたはずの報道陣が地べたに転がっていた。彼らは呻き声をあげているが、目立った外傷は見られない。カメラマンはカメラを抱きかかえたまま気絶していた。

「これは……どういう……」

「エレベーターホールで空間に亀裂が入った時点で、周囲は異界化していたんだ。それに加えて、エントロピーの逆行の余波によって、取り込まれた人々が戻って来たのかもしれない」

「……俺に分かるように言ってくんない？」

「僕達がいた場所は、僕達がいつも存在しているこの世界とは異なっていた、ということさ。この辺り一帯が、歪みに呑み込まれていたんだ。そうでなければ、他の報道陣や自衛隊が来ていてもおかしくない。駆けつけた報道陣は、恐らく、別の取材で近くにいたのだろうね」

巨人が大きくなればなるほど、歪みも拡大していったのだろうと御影は言った。

「エントロピーの逆行の余波って、死者蘇生ってやつが取り込んだ人にも及んだってわけ……？」

「恐らくね。余剰になった再生の力が、彼らに働いたんだ。供給先がなくなったことによって」

神無はハッとする。

彼の足元には、崩壊の際に手放してしまったかと思っていたサバイバルナイフが落ちていた。まるで、何処まで行っても付きまとう彼の罪のように。

「俺、また人を殺したんだ」

神無は、サバイバルナイフを拾い上げ、ホルスターに収めながら先程のことを語った。

「それは、大変だったね。しかし、彼女はクロウリーが再構成したホムンクルスのような存在で……」

「違う！」

神無は、思わず声を荒らげた。

「彼女の血は……温かかったんだ……。俺は結局、殺すことでしか何かを成せないみたいだね」

自嘲する神無の肩を、御影はそっと抱く。神無は少しだけ、御影に寄りかかった。

「そうすることで、君は大勢の人を生かすことが出来たんだ。君が自らの行いを悔いているのならば、切り裂いた人々のことを忘れないことだね」

「忘れるもんか、絶対に」

「それでいい」

御影は静かに頷く。

少し離れたところで、高峰が狭霧を捕らえていた。狭霧も何とか無事なようで、大きな怪我は見当たらないものの、手錠をかけられても力なくうなだれているだけだった。

あれほどまでに貪欲に目的を達成しようとしていた男と同一人物だとは、とても思えなかった。

神無は、そっと狭霧に歩み寄る。狭霧は計画を葬り去った張本人がやって来ても、無反応なままだった。

「あのさ、枇々木サンから預かった言葉があるんだ」

石のように動かなかった狭霧の指先が、ピクリと反応した。

「あんたに会えて、良かったってさ。それだけ」

「……そうか」

狭霧はそうとだけ応えて、僅かに顔を上げた。

後ろ姿だったので、神無からは表情が見えなかった。しかし、自らパトカーに向かって歩き出した。

高峰は「協力、感謝する」と神無達に敬礼して、狭霧を連行する。

現場から警察車両が立ち去る中、纏もまた、別の車両の窓から手を振って、神無達と別れの挨拶を交わした。

いつの間にか、ヘリコプターを何処かに停《と》めた時任が、東雲とともにやって来た。

時任の手には、分厚くて古びた本が携えられていた。

「禁書は、見つかったようですね」

御影の言葉に、「ああ」と時任は頷いた。

「彼は、私物を境界の中に持ち込んでいたようだ。その出入り口が崩壊したためか、その辺りに転がっていてね。他は警察の連中に任せたが、この本は私のものだから返してもらった」

時任が言い終わるや否や、禁書は炎に包まれた。炎は時任の手を燃やさず、禁書のみを焼いて灰燼《かいじん》にしてしまう。

「今のって……」

息を吞む神無であったが、時任は平然としていた。

「燃やしたんだ。もう、私にはいらない代物だから」

そう言った時任の目は、とても遠いものだった。果てしない先にある彼岸を見つめているかのようだった。

「私にも、かつてパートナーがいた。だからこそ、この禁書を手放せずにいたんだ」

「時任サン……」

神無は、何と声をかけていいか分からなかった。御影もまた、黙って時任の言葉に耳を傾けていた。

「だが、時は戻らないし、戻すべきではない。禁術を用いたとしても、起こってしまったことはやり直せない。悔いがあるのなら、今あるもので最良の未来を摑むべきなのかもしれない」

時任は三人に背を向け、「ではな」と歩き出す。神無と東雲はその背中を見送り、御影は時任の姿が見えなくなるまで、頭を下げていた。

「今回はどうなるかと思ったが、無事に終わって良かった。お前達には、本当に恐れ入るよ」

東雲は薄く笑いながら、踵を返す。

「そういう東雲ちゃんこそ、いなかったら俺ら終わってたし」

「ジャンヌもそうだけど、今回は誰が欠けてもいけなかった。君達との巡り合わせに、感謝をするよ」

神無と御影の称賛を受け取りながら、東雲はひらひらと手を振って別れを告げた。

機動隊がいなくなったことで、通りにはぽつぽつと人通りが戻り始めている。交通規制から解放された自動車が行き交う中、御影と神無もお互いに向き合った。

「それじゃあ、僕達も帰ろうか」

「賛成。ヤマト君が心配してるだろうし」

二人は歩き出し、池袋の雑踏の中へと消える。咎人達がいなくなったサンシャイン60前は、早くも日常を取り戻しつつあった。

屋敷に戻ると、ヤマトは御影と神無に飛び付いた。

ひしとしがみつく彼を、御影は気が済むまで撫でてやっていた。

ヤマトが落ち着いた頃合いに、御影は神無にぽつりぽつりとヤマトのことを話す。

やはり、彼もまた咎人の一種であり、屋敷は彼の異能によるものだった。

御影は時任と袂《たもと》を分かった時に、異能を持て余しているヤマトを見つけ、制御する術を教えたという。それで、ヤマトは御影に仕え、御影はヤマトから住まいを提供されたそうだ。

「ヤマト君の方が、俺より早く拾われたんだ。それじゃあ、ヤマト君のことセンパイって呼ぼうかな」

神無はにやりと笑うが、ヤマトはぷるぷると首を横に振った。

「とんでもない！　神無様は御影様の大事なパートナーですから！」

「それを言うなら、ヤマト君も僕の大切な家族なんだけどね」

御影は、ヤマトの頭を撫でながら苦笑する。

そんな御影を、ヤマトは遠慮がちに見上げた。

「あの、御影様」

「なんだい？」

「実は、お願いしたいことがありまして……」

「なんなりと」

すんなりと了承する御影に対して、ヤマトは躊躇うように続けた。

「今回は、わたくしの見張りが至らずに申し訳ありませんでした……」

「そんなことないよ。僕ももう少し、用心しておくべきだった」

「今後、このようなことをなくそうとは思いますが、やはり、外の世界と切り離した境界内に屋敷を構えると、それだけ維持にコストがかかりまして……」

「ふむ、その通りだね。それで？」

御影はヤマトに続きを促す。

「なので、出入り口を固定して頂けると有り難いのです」

「構わないよ」

御影はさらりと答えた。

「それって、そんなにあっさりやれるわけ？　俺、あんまり境界のこと分かってないんだけど」

目を丸くする神無に、「簡単なことさ」と御影は言った。

「表の世界——普段活動している世界のプライベートな場所を、ポータルにすればいいだけだからね。今までみたいに、色々なところに出ることは出来なくなってしまうけど、都心は交通の便もいいし、それほど困らないでしょう？」

「まあ、電車の移動も俺は好きだしね。構わないけど」

でも、と神無は眉をひそめる。

「プライベートな場所って、どこ？　俺の前の家は解約しちゃったし、御影君はそんなの持ってるの？」

「持っていないよ」

「マジか」

「借りればいいさ。池袋には物件がいくらでもあるだろうし」

「まあ、そうだけど……」

コンクリートジャングルの池袋には、数多の雑居ビルがある。そこには無数のテナントが入っては出てを繰り返し、池袋の街を少しずつ変化させていた。

「咎人に貸してくれるかな。俺達、住所不定じゃん」

「高峰君を頼ろうか」

「やめてあげなよ。大変そうだし……」

　ただでさえ、異能課として咎人と警察の間で板挟みになり、更には、纏の監視と教育も任されている。これ以上、彼になにかを背負わせるのは忍びない。

「万屋《よろずや》ちゃんを頼ろうぜ。あそこなら、良い物件を紹介してくれそうだし」

「それを言わないという意味でね」

　池袋の一角に店を構えている万屋は、咎人狩りの仕事を仲介している人物でもあった。武器も販売してくれるくらいだし、彼女の好きなゲームの対戦相手にでもなってやれば、物件も紹介してくれるかもしれない。

「申し訳ございません……。わたくしが未熟なばっかりに……」

　しゅんと項垂《うなだ》れるヤマトの頭を、神無はポンと撫でる。

「気にしない。今まで、俺達がヤマト君にお世話になり過ぎてたくらいだしさ」

「そうそう。それに、あちら側も拠点があった方が、都合が良さそうだから」

　御影の含み笑いに、意図を量りかねた神無は首を傾げる。

「どういうこと？」

「僕達の力を最大限に活かすためには、事件を紹介してもらったり、探したりするよりも、事件から転がり込んで貰った方が早いと思ってね」

「事件からって、どういう……」

「事務所を作るのさ」

御影の提案に、神無はハッとした。

咎人にしか解決できない事件を請け負う、窓口を作ればいい。超常的な事件を扱う事務所があれば、依頼を抱えた人が訪ねてくるだろうから。

「窓口があることで、何処にも持ち込むことが出来ずにいた事件を引き受けて、解決に導くことが出来るかもしれない。そうすれば、今まで手遅れになっていたものも、救えるだろうしね」

「そう……だね」

普通ならば解決出来ないことを請け負うのは、咎人となり異能を持った者に課せられた義務だ。その点は、御影も神無も意見が一致していた。

「でも、万屋ちゃんの仕事と被らない？　商売敵になるの、嫌なんだけど」

「そこは彼女との交渉次第かな。お互いに有益になるように進めるよ」

「その辺の大人のやり取りはよろしく」

「彼女がゲームの対戦相手を欲したら、君にお願いするけどね」

僕はゲームが下手だから、と付け足す御影に、「へいへい」と神無は投げやりな返事をした。

方針が固まったことに、ヤマトはようやく安堵して息を吐いた。御影は早速、携帯端末で万屋に訪問する旨を伝えていた。

「それにしても、事務所かぁ」

「おや、お気に召さないかい？」

天井を仰ぐ神無に、御影が問う。すると、神無は悪戯っぽく笑った。

「ううん。なんか、カッコイイなって思って」

「ふふっ、それは僕も同感だよ」

運び込まれる依頼は、容易なものではないだろう。中には、今回よりも難解な事件があるかもしれない。

それでも、御影と二人ならばやっていける。

神無が隣にいる相棒に微笑みかけると、彼もまた、弾けるような笑みを返してくれたのであった。

3.5

Criminal Stigmata

切り裂きジャックとカインの下準備

月明かりが室内をぼんやりと照らしていた。

夜の闇と自らの境界が曖昧な中、神無《かんな》は御影《みかげ》にその身を委ねていた。

自身を切実に求める吐息が耳たぶにかかり、燃え上がるような熱さを感じる。自分に覆い被さるような相手の重みと、衣擦《きぬず》れの感触が、やけに存在感を主張しているようだった。

いや、これは自分が相手を強く意識しているからか。

「っ……!」

御影の鋭利な牙が、神無の首筋に突き立てられる。

何度されても、その時の痛みには慣れない。新鮮な激痛が神無の全身を駆け巡り、生きていることを実感させられる。

首筋が熱い。

傷口から血が滲んでいるのか、聖痕《スティグマ》が疼いているのか。

だが、傷口に御影の唇が触れると、もう、そんなことはどうでもよくなってしまった。

「みかげ……くん」

神無は手持ち無沙汰な腕を、御影の背後に回す。後頭部に触れると、月光を浴びて輝く白髪が、さらりと神無の手を撫でた。

「ねえ、神無君……」

御影が神無の首筋から顔を離し、そっと耳打ちをする。

「永久《とわ》って呼んで」

「……永久」

ファーストネームで呼ぶのは恥ずかしい、と言おうとした口が、勝手に彼の名を呼んでいた。

やはり、御影は魔物のようだと神無は思う。

心の隙をついて魂の奥深くまで入り込み、相手を思うままに操ってしまうのだ。自分のように脆弱《ぜいじゃく》な魂では、あっという間に彼に溺れてしまう。

血を啜《すす》る感触がずっと途絶えているのに気づき、神無は御影の方を見やる。

すると、御影は微笑んでいた。白磁の頬をほんの少し色づかせ、幸福そうに神無を見つめている。

「名前を呼ばれただけで、そんな顔するわけ?」

神無が意地悪っぽく問うと、御影は素直に頷いた。

「君が呼ぶ僕の名は、愛しさが込められているからね。この辺りが温かくなるんだ、とても」

御影は、自らの胸にそっと手を添える。

神無は少し大きな手を、御影の手に重ねた。

「喜んでくれるのは嬉しいんだけど、早く吸わないと、血が固まっちゃわない?」

「おっと。飲み頃を逃すところだったね」

「飲み頃言わない」

神無は苦笑するが、傷口に御影の舌が這《は》わされると、「んっ……」と息を詰めた。

溺れているのは、お互い様なのかもしれない。

神無はそう思いながら、御影になされるがままだった。吸血の儀式を通じて、お互いの心の奥深くで触れ合う瞬間が心地よかった。

御影もまた、神無を愛してくれているからこそ、神無は御影に自らを捧げられるのだと思っていた。

彼から与えられるものは、神無が二十余年間探し求めていたものなのだと確信していた。

「はぁ……」

御影が神無の首筋から唇を離し、満足げな息を吐く。彼は唇を濡《ぬ》らす相棒の血を舐《な》め取ったかと思うと、柔らかく苦笑をしてみせた。

「神無君、大丈夫？」

「ん……、ちょっと、頭がぼーっとするかも」

「すまないね。少し飲み過ぎてしまったようだ」

ソファの背もたれに寄りかかる神無に、御影は申し訳なさそうに言った。そんな御影の前髪を、神無は指先でそっと撫でる。

「別にいいけど。それだけ美味しかったんでしょ？」

「そうだね。飲み干してしまいそうなほどに」

「それはマジで勘弁して。肌の張りがなくなるし」

「ふふ、安心して。君の美しさを損ねたりはしないよ」

「……そういう恥ずかしいセリフを正面から言わない」

自らの容姿が優れていることは自覚していたが、神が作り上げた芸術品のような御影を前にすると、その自信すら霞《かす》んでしまう。

「貧血が治まるまで、ここにいてよ」

「勿論」

居間の大きな窓を背後に、御影は微笑む。

月光を背中から浴びている彼は実に妖艶であり、時を忘れて見惚れるほどだった。

だが、ソファの上の自分に覆い被さったままというのは、さすがに気になった。

「そのままの体勢で、とは言ってないけど……」

神無は、やんわりと御影を隣に座らせようとする。しかし、御影に触れようとした
神無の腕は、逆に、御影に摑まれた。

「えっ」

「神無君、君は言ったよね」

「……なにが？」

「僕に、何だってあげられるって」

御影の美しい貌《かお》が迫り、神無は息を呑んだ。

言った気がする。その時のことを思い出すと、顔から火が出そうだった。

「あ、あれは、その……」

「欲しいんだ」

「は……!?」

戸惑う神無に、御影は畳み掛けるように言った。

「君の、身体を——」

「ちょっと、御影君……」

御影が至近距離まで迫り、神無の視界には彼しか映らなくなる。長い指に顎を持ち上げられ、神無は御影から目がそらせなくなっていた。


翌日、神無は屋敷の空き部屋から、使われていない机を運び出していた。

「知ってた。こういう展開になるのは」

膨れっ面の神無を、御影はニコニコと微笑みながら見つめている。

「助かるよ。僕は肉体労働が苦手でね」

「相棒のご期待に添えてなにより」

神無は刺々《とげとげ》しく言い返すものの、御影は気にした様子もない。

「くそっ、まんまと手のひらで転がされちまった」

昨日、御影に迫られた時のことを思い出すたびに、腹の底がむかむかする。一人ごつ神無に、御影は首を傾げた。

「何か言ったかな？」

「別に」

神無は、ついと視線を逸《そ》らす。

「っていうか、これを運び出すのしんどいんだけど。俺が賃貸で使ってた安い家具よりも、めちゃくちゃ重いし」

「ウォールナット材だし、多少は重いかもしれないね」

神無が運んでいるのは、アンティーク調のしっかりとした机だ。

「運び込むなら、お値段以上が売りのメーカーの家具で良くない？　追加料金を払えば、業者が設置してくれるし」

デザインも豊富だし、シンプルなものから少し凝ったものまで取り揃えられている。

神無が賃貸で暮らしていた時は、「意外と使えるじゃん」と重宝していた。

だが、御影は不満げだ。

「アンティークでないと、僕の気分が上がらないんだよ。君達の言葉でいう、テンサゲってやつさ」

「テンサゲは最近使わないけど」

「それじゃあ、一周回ってチョベリバ？」

「それは古語だよ、御影おじさん」

神無は容赦なく一蹴する。

「その顔でチョベリバとか言わないで欲しいんだけど。ギャップがひどいことこの上ないわ」

「ギャップ萌《も》えっていうじゃないか」

「なんで俺が萌えを求めていると思うわけ⁇」

しれっとした顔の御影に、神無は純粋な疑問をぶつける。

「あーあ。くだらない漫才なんてしてないで、さっさとこいつを然《しか》るべきところに持って行かないと……」

「そう言いながらも、ツッコミを入れてくれる君のことが好きだよ」

「いいから、こっち側持て。マジで」

おちょくる御影に対して、神無はもはや、命令形だった。澄まし顔の御影に机の右側を持たせ、左側を自分が持つ。

「やっぱり、二人で持った方が断然楽だわ。御影君が肉体労働向けじゃないのはわかるけど、丸投げするのはやめてよね」

「神無君は軽々と運んでいるようだけど、今の僕は手を添えているだけだと言ったら、どうする？」

「ガチで怒る」

本当かな、と胡乱《うろん》げになりながらも、神無と御影は屋敷の裏口までやって来た。

そこでは、ヤマトが目をキラキラさせながら待っていた。

「御影様、神無様、お疲れ様です！　出入り口は繋げておきましたよ！」

「有り難う。そして、ご苦労様。疲れただろうし、休んでいて構わないからね」

御影は机を下ろし、膝を折って頭を撫でながらヤマトを労《ねぎら》う。

「しかし、家具の運び込みが……」

ヤマトは心地よさそうに撫でられながらも、不安げに二人を見上げた。だが、御影は優しく微笑む。

「いいんだよ。神無君がやってくれるから」

「君のご主人様とね」と神無は念を押した。

「でも……」

「いいって。ヤマト君の体格だとキツイだろうし、そもそも、運び込む距離をショートカットしてくれたわけだしさ。すげー感謝してる」

神無もヤマトに向かって微笑むと、ヤマトはようやく、ホッとしたように笑った。

「それでは、お先に失礼いたします。次のお仕事にとりかかりますので」

ヤマトはぺこりと頭を下げて、軽快な足取りで裏口を後にする。そんな後ろ姿を眺めながら、御影は苦笑した。

「休んでいて構わないのに。まったく、勤勉で困ったものだね」

「あとで強制的に休ませるしかないんじゃない？」

神無は肩を竦める。

「それはいい案だ。それじゃあ、どうやってヤマト君に休んでもらうか考えつつ、僕達は作業を続けようか」

「はいよ」

神無は返答をすると、裏口のドアノブを捻《ひね》る。

木でできた扉は軋むような音を立てて、ゆっくりと開いた。

「おっ、ちゃんと繋がってるじゃん」

裏口の先には屋敷の庭が——あるはずだった。

だが、扉の向こうにあったのは、十畳ほどの部屋だった。

まだ家具がなく、がらんとしている。新品のカーペットが敷かれ、一歩踏み出せば柔らかい感触が足の裏に伝わってきた。

半地下のため、窓はかなり高い位置にあり、人々の足が行き交う様子だけが分かる。

「カーペットも敷かれたし、クロスもちゃんと張られているね。プロに任せて良かったよ。コンクリート打ちっ放しの部屋を見た時は、どうなるかと思ったけど」

御影は、クリーム色の壁を見つめて感心する。それに対して、神無は悪戯っぽく笑った。

「俺は、コンクリートの壁って好きなんだけどね。御影君が卒倒しそうになってたのがウケたわ」

「ミス万屋《よろずや》が、良い物件を紹介すると言ってくれたからね。僕はてっきり、日当たり良好の南向きでベランダが広いビルの最上階かと……」

「高望みし過ぎでしょ。日陰者が南向きの最上階とか、似合わな過ぎだから」

「ベランダでガーデニングをしたかったのさ」

「事務所を借りるっていう目的、忘れてない？」

あまりにも真顔の御影に、神無は一抹の不安を覚える。

御影と神無は、事務所を開くことにしたのだ。主に、咎人《トガビト》がらみの事件の解決を請け負うために。

物件を借りた目的は、境界にあった屋敷の入り口を固定することで、セキュリティー能力を上げるということだったのだが、せっかくだから、自分達の異能を最大限に使えるような環境を整えたいと思ったのだ。

「にしても、俺達に物件を紹介する時の万屋ちゃん、超軽くなかった？　ここ、彼女の店の近くなのにさ」

物件を紹介した万屋もまた、咎人がらみの事件を扱っている身だ。

競合相手になってしまうかもしれないと懸念していた神無であったが、話を聞いた万屋の反応は軽いものだった。

彼女の意見は、「お、良いんじゃないか？」である。

「彼女は他にも取り扱っているものがあるしね。それに、彼女のもとに持ち込まれた事件も、フリーの咎人狩りに回すよりも、専門の窓口に回す方が楽かもしれない」

「ああ、下請け的な……」

「彼女はああ見えてやり手だから、交渉は僕に任せて。接待は、君に任せるけど」

「へいへい。それじゃあ、事務所にテレビとゲーム機も置いとくか」

万屋はかなりのゲーマーで、ゲームが得意な神無は、彼女の店に行くたびに相手をさせられている。そのお陰か、万屋の態度は神無には柔和だ。

「あとは冷蔵庫が必要か。お客さんが来たら、お茶とか出すもんね。家電量販店が近いし、買っとく？」

「そうだね。来客用のソファとテーブルは屋敷にあるものが使えるとして、あとは何が必要かな……」

「そのソファとテーブル、また俺が運ぶの？」

「勿論、僕も手伝うよ」

露骨に顔を顰める神無に、御影が微笑みかけた。

「手伝わなかったら、さすがに怒るっていうか……。いやでも、絶対に新しく買って業者に運んで貰った方が楽でしょ……」

「使わない家具は勿体無《もったいな》いし、良い家具を使っている事務所の方が信用してもらえるでしょう？」

「そうかなぁ。俺は、使えてボロくなきゃいいんだけど」

ぼやく神無であったが、勿体無いというのは同意できたため、それ以上文句を言わなかった。

「あとは、パソコンかな」と、御影は机を部屋の奥に置きながら言った。

「えっ、なんでパソコン。使う？」

「調べ物をするのに使うだろう？」

「スマホで良くない？」

神無に問われ、御影は困ったように眉根を寄せる。

「いい大人がアンティークの家具に囲まれてスマホで調べ物をするのかい？」

「見た目が高校生くらいだし、別に気にしないでしょ」

神無の鋭い指摘に、御影はハッとした。

「そうだった。君があまりにも僕をおじさん扱いするから忘れていたけれど、僕は君よりも見た目が若いんだった……」

「なんか棘がある言い方だけど、御影君の外見年齢は未成年だからね。雰囲気は完全に大人だけど」

見た目は子供で中身は百歳くらいに見える、と神無は付け足す。

「今までは、咎人の世界に精通している者達と接する機会の方が多かったけれど、事務所を構えるとなると、一般人と直接やり取りすることが多くなるね。そんな時、僕がここに座って、依頼人を迎えたらどう思う？」

御影は、設置したばかりの所長用の机につく。神無は律義に出入り口の方から御影を見つめ、こう言った。

「ぶっちゃけ、新手のコスプレ喫茶だと思う。吸血鬼喫茶とか……。池袋だし……」

池袋は、主に女性のサブカル好きが集まる場所という側面も持つ。アニメ専門ショップも多く、アニメのコラボイベントも頻繁に開催されている。そんな土地柄なので、従業員が見目麗しい執事に扮《ふん》した執事喫茶というものも存在しており、特定の層から人気を博していた。

「………喫茶店に変更するかい？」

「あれって、届け出が面倒なんじゃない……？」

御影の手料理を振る舞えば、それなりに人気が出そうでもあるが、本来の目的から外れてしまう。

御影は、深々と溜息《ためいき》を吐いた。

「事務所以前の問題だということは、理解したよ。やはり、所長は僕ではなく、君にした方が良いかもしれないね」

「うーん、それもどうだろう……。こんな赤髪のチャラチャラした奴が所長をしてる事務所とかって、不安にならない？」

「僕は目の保養になると思うけど」

「ホストクラブじゃないから……」

どちらも事務所向けではないことに気づいてしまい、二人して頭を抱える。

「いっそのこと、高峰君《たかみね》を雇えないだろうか……」

迷走の先に、御影はろくでもない提案をする。

「高峰サンは駄目でしょ。そんなに働かせたら、あっという間に罪を清算して過労死するし」

そもそも、彼は警視庁に所属しているので、二足のわらじははけないはずだ。

「都合がいい時間だけ、時任《ときとう》サンに来てもらったら？」

神無の案に、御影は未だかつて見たことがないほどのしかめっ面をよこした。

「串刺し公とは協力したけれど、和解はしていなくてね。彼が事務所に居座るというのならば、僕は丹精を込めて彼のためにぶぶ漬けをこしらえるよ」

ぶぶ漬けというのはお茶漬けのことで、早くお暇《いとま》してくれという気持ちを遠回しに伝える時に使われる、という都市伝説を神無は聞いたことがあった。

時任は紳士的であったが、御影の師だけあって面の皮も厚そうなので、その程度の皮肉は受け流してしまいそうだし、「では、頂こうか」とさらりと言ってのけそうだ。

「……前言撤回するわ」

殺気とともに出てくるお茶漬けと、それを優雅に平らげる時任を想像して、神無は胃が痛くなった。これから新しい事業をしようという場所で、師弟喧嘩をして欲しくない。

「東雲《しののめ》ちゃんは、どっちかというと用心棒の先生って感じだしな……」

「ジャンヌが事務所の隅にたたずんでいてくれたら、治安も信用度も上がりそうだね」

纏《まとい》は高峰と同じ理由で除外される。それに、内気そうに見える彼女は、どっしりと構えるのに向かない。

「一周回って、一番適任なのは御影君じゃね？」

「精々、年相応に振る舞うように心がけるよ」

「まあ、それについては問題ないだろうけど……」

ため息まじりの御影の肩を、ぽんぽんと叩いてやる。

「所長問題は置いておいて、他に必要な家具はあるかな。せっかくだから、まとめて買ってしまおう」

御影は、携帯端末に先ほど挙げられたものをメモする。

「そういえば、僕は所長としてこの席に座るとして、神無君はどうする？」

机から離れつつ、御影は問う。

「んー、俺はいいや。客が来るまで来客用のソファに座ってるし、客が来たら立ってるよ」

若いし、と神無は付け加えた。

「君がそれでいいならばいいけどね。あとはまあ、インテリアを少々弄りたいかな。照明もシャンデリアをぶら下げたいし」

「少々じゃないし」

神無は、御影に裏手ツッコミをする。

天井には、間に合わせの簡易的な照明がついている。シンプルで当たり障りがないので、そのまま使おうと思えば使えるのだが、御影の美意識がそうさせないらしい。

「本物じゃなくても構わないよ。シャンデリア風の家具ならばよくあるでしょう？」

「吸血鬼喫茶だと思われてもフォローしないからね」

神無は、ぴしゃりと言った。

「あとは、事務所からすぐに出動出来るように、クローゼットもあった方が良くない？　わざわざ屋敷に戻るのも時間がかかるし」

「いいね。それは二つ買おう」

「いや、コートとかジャケットを入れるだけだし、一つでいいでしょ」

二つとは、あまりにも大げさではないか。そう思う神無に対して、御影は笑顔を張りつかせたまま言った。

「君は、二、三着の上着で満足するのかい？　一つのクローゼットを二人で使うとなると、自然と収納する量が半分になるけれど」

「うっ……」

神無の服はやたらと多い。御影に用意してもらった自室のクローゼットをすぐにいっぱいにしてしまい、余っているクローゼットも使わせてもらっている始末だ。

神無は家具にはこだわらないが、服には強過ぎるこだわりがあった。

「先日も、紙袋いっぱいに服を買って来たよね？」

「いや、だって、好きなブランドの新作が出てたし、試着したらめちゃめちゃ良かったから……」

神無は、先ほどまでの威勢は何処へ行ったやら、ぼそぼそと呟くように反論した。

「まあ、君のそんなところも好きなんだけどね。とにかく、君も僕も服飾関係はかさばるから、一人につき一クローゼットを使った方がいいと思って。君はアクセサリーが多いし、僕にはネイル用品があるし」

「……あのさ」

「うん？」

「洗面所、あれで足りる？」

事務所には、トイレと洗面所もついていた。

しかし、いずれも必要最低限の広さである。洗面所は、一人で手を洗って歯を磨く程度ならば問題はないが、二人並んで何かをするほどの広さはない。

「……足りないかもしれないね」

御影も神無も、身支度に時間がかかる男達だ。

現に、屋敷のそこそこ広い洗面所は、二人揃って出かける前は渋滞が発生する。カーラーで睫毛を手入れする御影の横で、神無がワックスをつけた髪を整えているのは日常茶飯事だ。しかも、お互いに好みがバラバラなので、オシャレ用品を共用することなく、プラスチックボトルやガラス瓶などが増えていく一方なのである。

「……」

「……」

屋敷の洗面所の惨状を思い出し、お互いに無言で顔を見合わせる。

先に口を衝いて出たのは、御影のため息だった。

「ここで支度をして外に出るのは、あまり考えない方がいいようだね。出来る限り、屋敷で済ませよう」

「賛成……」

問題を炙《あぶ》り出せばいくらでも出てくるな、と思いながら、二人は眉間を揉みつつ事務所を後にしたのであった。

事務所となる物件は、池袋駅東口からすぐのところにあった。コンビニや家電量販店も近く、デパートもすぐそばで、立地としては最高だ。

御影と神無は、一通りの買い物を終えて一息つこうとしていた。

「東と西、どっちがいい？」

池袋駅構内にて、大勢の人が早足で行き交う中、御影は神無に問いかけた。

池袋の東西を分断するように池袋駅がある。ターミナル駅だということに加え、東西を行き来するには駅構内を歩いた方が早いため、駅の中は常に混雑しているのだ。

そんな人ごみの邪魔にならないように避けながら、神無は直感的に決めた。

「んー、それじゃあ、西で」

西口方面だと西口公園があるので、若者はたむろしやすい。なので、何となく西を選んでしまったのだ。

「それじゃあ、西武にしよう。東側に行こうか」

「待って。池袋駅のどっち側っていう質問じゃなかったわけ？」

「おや、東武の方がお好みかな？」

「いや、デパートはそこまでこだわりがないっていうか……。俺的には、東はパルコで西はルミネって感じだし」

池袋にある大型家電量販店のテーマソングで歌われているように、池袋は東側に西武百貨店があり、西側には東武百貨店がある。それは池袋駅における最大級のトラップで、初めて来た人は高確率で迷子になるのだ。

「僕は書店と喫茶店さえあれば、どちらでもいいよ」

「レストラン街なら両方あるし、まあ、俺もどっちでもいいけど。っていうか、本屋に行きたいんだ？」

「先日買った本は、読み終えてしまってね」

御影は残念そうにしながら、西武へと向かう。

「本屋だったら、ジュンクでなくてもいいわけ？　あそこ、大きくない？」

並んで歩き出す神無の問いに、御影はハッとした。

「そうだね。東側に行くわけだし、ジュンク堂にするか西武に入っている三省堂にするか……」

「しまった。余計な選択肢を与えたな……」

相棒を、変に悩ませることになってしまった。

「まあ、どっちも変わらないし、西武で済ませようよ」

「変わるんだよ、神無君。書店によって品揃《しなぞろ》えも売り場の作り方も違うし、推している本も異なるんだ。片方では棚差しになっている本も、もう片方では平積みになっていることがある。本は特に、個人の嗜好《しこう》に大きく影響されるものだし、いい出会いがあるかどうかは、かなり運命的な確率で……」

「俺の知らないギョーカイ用語まで知ってるし……。そんなに違うものかな」

書店にあまり行かない神無は、いまいちピンと来なかった。漫画は集めているものの、電子書籍を買うことが多い。

「君で言う、服のようなものさ」

「すっげーピンと来た」

神無は、目から鱗《うろこ》が落ちたようだった。そんなやり取りをしているうちに、西武の地下一階の入り口にたどり着き、行き交う人々を縫って書店までやって来た。

サイン会の告知を横目に、御影は慣れた様子で入店する。

「文芸のコーナーが手前にあるのは有り難いね。少し時間を頂くけれども、構わないかな。この後、喫茶店で休もうか。君が好きなものをご馳走《ちそう》してあげる」

「おっけー。まあ、気が済むまで――というと終わらないから、ほどほどに選びなよ」

神無は入り口の辺りで、御影を見送る。

「君は本を探さないのかい？　コミックスならば書籍館の二階だよ」

「書店員かよ。売り場を把握し過ぎでしょ。俺は電子で買うからいいよ」

「電子書籍も買えるんだよ。ポイントもつくし」

「マジか。抜かりねーな」

神無は御影を見送ると、西武の通路の奥を見やる。書籍館と呼ばれる別館がその先にあり、コミックスはそちらのフロアで扱っているらしい。

「本屋に行くと、御影君は長いしな」

どうせ、携帯端末さえあれば連絡が取れる。神無は、ふらりと書籍館へと足を向けた。

本館と書籍館の間には、通路がある。ショーウィンドウには西武イチオシの商品が飾られており、上品な照明を受けて輝いていた。

「流石は百貨店。高級感あるよな」

自分はそんな雰囲気が落ち着かないが、御影向きだなと思う。彼が好きそうなものを買ってやるなら、こういうところだよなと思いつつ、やって来た通行人とすれ違おうとしたその時、ふと、ピリッとした何かを感じた。

神無はとっさに、すれ違った通行人の方を振り返る。

中折れ帽を目深に被った、長身の男だ。すらりとしたコートと手触りが良さそうなストールを身にまとっており、ファッションにこだわりがある人物だな、と神無は判断した。

だが、その佇まいは只者《ただもの》ではない。歩き方も雰囲気も、その辺を歩いている通行人とは一線を画していた。

神無が注意深くその男を見ていると、男もまた、足を止める。

「吾輩に、何か用かな？」

「お察しのいいことで。気配を殺しながら眺めてたんだけど、それに気づくなんて、あんたは何者？」

「フッ、自分から名乗るのが礼儀というものでは？」

男はゆっくりと、勿体ぶるように振り返る。

皮肉めいた笑みを湛えた紳士だった。何処か気だるげな眼差しは退廃の色が濃く、神無はかつての自分を見ているようで、一瞬にして反感を覚えた。

「悪いね。俺は礼儀がなってなくて」

「そして、なかなかのはねっ返りだな。吾輩はそれくらいの方が好みでもある」

紳士には、神無の無礼など気にした様子はなかった。気に食わないな、と神無はますます警戒する。

だが、反感よりも強く、その紳士に既視感があった。出会ったことがあるなら絶対に忘れないような相手なのに、神無は心当たりがない。

神無が謎の紳士と対峙していると、紳士の背後から見慣れた人影がやって来た。

御影だ。

珍しく買い物を早く済ませ、店の外にいなかった神無を探してやって来たのだ。

「神無く……」

御影は目敏《めざと》く神無を見つけるが、その呼びかけは途切れてしまった。

中折れ帽の紳士が、御影の方を振り返ったのである。

「御影君、気をつけろ！　そいつは只者じゃない！」

神無はとっさに、声をかける。

紳士は通行人が他にいないのを確認すると、軽く中折れ帽を持ち上げてみせた。

帽子の隙間から見えた頭部に、神無は息を呑む。そこには、異形の角が生えていたのだ。

「牡羊の角と、牡牛の角……。まさか、あなたは……」

御影は慄き、半歩下がる。牡羊と牡牛という組み合わせに、神無も何やら覚えがあった。

「やはり、池袋を拠点にしていたか。ようやく再会出来て嬉しいよ、召喚者ミカゲ」

「まさか、このような場所でお会い出来るとは。その節は大変お世話になりました、アスモデウス公」

自身の名を知っている退廃の紳士に、御影は恭しく一礼をする。

神無は、彼が発した名前に耳を疑った。

「は？　今、なんて？」

「アスモデウス公。先日、クロウリーを止める時にお手伝い頂いた魔神の王だよ」

「あのデカブツ!?」

「そういう物言いはおよし」

ぴしゃりと注意する御影に、「まあ、いいじゃないか」とアスモデウスは寛大に笑ってみせる。

「若者は、少しくらい元気な方がいい」

「王がそうおっしゃるのならば……。おっと、ご紹介が遅れてしまいましたね。彼は神無。僕の大切な相棒です」

神無が話題に追いつく前に、御影はテキパキと神無の紹介を進めてしまう。神無は「どーも……」と笑顔を張りつかせたつもりだが、口元が引きつってしまった。

「さて、積もる話があるし、何処かで腰を落ち着けたいものだな。君達さえよければ、スタバでもどうかな？」

帽子を被り直したアスモデウスは、頭上にある地上を顎で指す。

「スターバックスがよろしいのですか？　王さえよければ、今から個室がある店を予約しますが」

御影は、携帯端末を取り出しながら問う。

「個室でなくて構わんさ。限定のフラペチーノが気になっているんだが、一人で飲むのは気が引ける。君達もつき合ってくれると有り難い」

「ああ、スイートポテトが使われているフラペチーノですね。僕は先日試したのですが、まろやかな口どけで美味しいですよ。是非とも味わって頂ければと」

緊張気味だった御影は、スイーツの話題になったためか表情を輝かせる。

自然とスタバに行く流れになる中、神無は顔を引きつらせたままだった。

「いや、ツッコミどころ多過ぎだろ……。大悪魔がスタバとか言うなって……」

神無は所在なげになりながらも、意気揚々と地上へ向かう御影とアスモデウスについて行ったのであった。


西武に面した明治通りに、スターバックスはあった。というか、池袋駅付近にはあちらこちらにあるし、何処も人で溢れていた。

そんな中、神無達は辛うじてテーブル席を確保し、限定のフラペチーノにありつけることとなった。

「珈琲自体は元々好きなのだが、無性にフラペチーノを味わいたくなる時があってね」

クリームを混ぜ合わせながら、アスモデウスはしみじみと言った。

「そのお気持ちは分かります。季節を感じさせるメニューも登場しますし、テラス席で風を感じながら口にするのが好きですね」

「御影君は甘いものが好きなだけじゃん……」

神無は御影にツッコミを入れつつ、自分のフラペチーノを携帯端末で撮ってインスタグラムに投稿してから、クリームを混ぜ始めた。

「それもそうだけど、四季を感じたいから限定商品をチェックするのさ」

「まあ、その辺はどうでもいいんだけどね」

神無は、テーブルを囲んでフラペチーノを食す男達を交互に見やる。

「なんであの超有名悪魔がフッーにいるわけ？」

「それについては、順を追って尋ねようと思ってね」

「ああ。それについては、順を追って説明しようと思ったのさ」

御影とアスモデウスが揃って同じことを言うので、神無は深い溜息を吐いた。

「はいはい。悪かったよ、俺だけ空気が読めなくて。順を追って説明をどうぞ」

神無は、投げやりになりながらストローに口をつけた。

「アスモデウス公の召喚例は過去にあったので、物質世界に多く干渉しているだろうという予感はしていました。ですが、まさか、ここまで馴染《なじ》まれているとは」

御影も驚いていたようだった。なにせ、アスモデウスは会計時に、こともなげに電子決済したのである。あまりにも、文明の利器を使いこなしていた。

「吾輩くらいの知名度になると、自身の意思で現界出来るのでね。物質世界には刺激もあるし友人もいるから、よくこの姿で闊歩《かっぽ》している」

「友人？　アスモデウス公の他にも、魔神が？」

御影は驚いたように目を瞬かせる。

「ああ。魔神もいるし、人間もいる。まあ、魔神は友好的且つ平和的な連中ばかりだから、君達が気にすることはない」

アスモデウスは、フラペチーノを味わいつつ何ということもないように言った。

「いや、魔神がフッーに歩いてるのヤバくない？」

頬を引き攣らせる神無に、アスモデウスはにやりと笑った。

「そういう君達もまた、フッーといわれる人間とは違う力を持っているようだが」

「まあ、それはそうだけど……」

「安心したまえ。我々は基本的に、召喚者の力を借りなくては本来の力を発揮出来ない。自力で現界した我々は、君達と大差ないさ」

「それを差し引いても、有名人過ぎでしょ。アスモデウスなんて、俺ですら知ってる名前だし」

　アスモデウスの名は有名だ。神無は、幾つかのゲームにその名がついたキャラクターが登場していたので知っていた。本来は三頭の魔神だが、七つの大罪では色欲を司っているためか、高確率で色香が漂う男女のいずれかになる。

「俺的には、ちょい悪なイケオジよりもセクシーなおねーサンの方が良かったかな」

「ご期待に添えなくて残念だ」

　いささか残念そうな神無を前にしても、アスモデウスにはたいして気にした様子はなかった。

「神無君、自分を棚に上げてはいけないよ。君も、同様の大罪を背負わされているじゃないか」

　苦笑する御影に、アスモデウスは「ほう」と興味深げに神無を見やった。

「何やら縁を感じると思ったら、そういうことか」

「まあ、勝手に背負わされたっていうか、不本意っていうか……」

　大罪の切っ掛けを思うと、複雑な心境になる。そんな神無に、御影は申し訳なさそうに苦笑した。

「大罪繋がりだとそう思うだろうね。でも、アスモデウス公は人間に知識を与えてくれる魔神だし、縁があるのは悪いことではないと思うよ」

「悪魔だけど大丈夫？　いやそれは、咎人だけど大丈夫、って聞くのと同じか」

神無は自らの失礼に気づき、「ごめん、失言だった」と謝る。

「構いはしないさ。旧約聖書外典では悪名も拡がっていることだしな。それ以前も、吾輩は善神ではなかったし」

ちょい悪どころではない宣言をしつつ、アスモデウスは話を進める。

「君は召喚者ではないが、同じ大罪を背負っている縁で多少の加護はくれてやろう。数学と天文学、幾何学の分野で知りたいことはあるかな？」

「理系分野!?　アスモおじさん、理系なわけ!?」

並べられた学問の意外さに、神無は思わず魔神の王をおじさん扱いしてしまう。

「寝所における技術が欲しいのならば、そちらでも構わんがね」

「マジか。色欲の魔神のテクはスゴそうだな……。いやでも、教えてもらっても使わないけど……」

悪い遊びとは縁を切ったので、実践する機会はなさそうだ。

「天文学は教えてもらいなよ。星座が読めると、夜空を見上げるのが楽しくなるだろうし」

「夜も明るい池袋じゃあ、オリオンをなぞるので精いっぱいじゃない？」

御影の提案に、神無は首を傾げる。

「うーん。それじゃあ、これから御影君と事務所をやるんだけど、それが上手く行くか占ってくれない？　星占い的なやつで」

「ホロスコープは占星術なんだが、まあいいだろう。誕生日を教えてくれるかな？」

「七月二十七日。つーか、占星術って天文学とは違うんだ……。別料金払った方がいい？」

メモ帳を取り出すアスモデウスに、神無が気まずそうな顔をする。

「っていうか、むしろ俺がお賽銭《さいせん》でも投げるべきじゃね？」

「投げ銭ならラインの送金で受け取ろうか」

アスモデウスは、自らの携帯端末にQRコードを表示して神無に渡す。

「マジか。人間界のシステムを把握し過ぎでしょ」

神無はアスモデウスを登録し、早速、ちょっとした額を送金する。もはや、スーパーチャットのノリで。

本格的なホロスコープをサラサラと描き起こすアスモデウスに、御影は遠慮がちに問う。

「それで、アスモデウス公。池袋にいらしたのは、偶然ですか。それとも——」

「君に、会いに来たんだ」

アスモデウスは、不意に顔を上げる。

彼の意味ありげな眼差しと、御影の驚くような視線が絡み合う。見つめ合う二人の間に、神無はすかさず半分ほどになったフラペチーノを割り込ませた。

「御影君へのナンパならお断りだから」

「おっと、失礼。頼もしいナイトだな。他意はないから安心したまえ」

アスモデウスは、可笑《おか》しそうに笑ってみせた。

「吾輩の本来の力を引き出せる魔術師など、ここ百年単位で現れなかったからな。ゆっくり挨拶くらいはしたいと思ったのさ。あの時は、取り込み中のようだったから」

「それに、数分しか貴方を維持出来ませんでしたしね」と御影は言う。

「数分でも上等だろう。尤も、君と同じく高位の魔術師の力を借りていたようだが」

「僕は歪みによって力を得た、禁忌の魔術師に過ぎません。術者として称賛するなら、彼の方かと」

彼とは、時任のことだ。御影は咎人となって魔法が使えるようになったが、時任は咎人となる前から術者だったという。

「ふむ、歪みか」

「どういう原理か分かりませんが、罪を犯した者の一部は咎人へと堕《お》ちるようです。歪みによって異能を得、罪を清算するまで生を終えることは出来ません。僕達はそういう、——罪人なのです」

御影の説明を聞き、「成程」とアスモデウスは興味深そうに二人を見やる。だからといって、罪を咎めたり事情を聞いたりはしなかった。

「成程って、それだけ？」

神無は、意外そうに目を丸くする。

「それだけだとも。天使の連中ならばお説教が始まるかもしれないが、吾輩は悪魔だ。罪に溺れているようならば誘い文句の一つでもかけてやりたいところだが、君達は自らを省みているようだからな。誘いをかけても乗らないだろう？」

「あ、そうか。そっち側だった。まあ、そっち側からもオイシくないのは良かったけど」

「君達はお互いに相手を堕とさぬよう、しっかりと手を繋ぎ合っているようだからね」

アスモデウスに見つめられ、神無と御影は顔を見合わせる。言い得て妙かもしれない、と神無は思った。

「時に、カンナが色欲の大罪を背負っているのならば、ミカゲは何の大罪を背負っているのかな？」

アスモデウスはにやりと笑う。御影は一瞬だけ躊躇った後、素直に答えた。

「『暴食』、と言われましたね……」

その瞬間、アスモデウスの表情が固まった。御影と神無は、首を傾げてみせる。

「暴食というとベルゼブブ公が該当すると思うのですが、何か……」

「ベルゼブブって、蠅《はえ》の姿をした魔神だっけ。あっちも、めちゃめちゃ知名度があるよね。すげー強いらしいし」

ゲームで見た、と神無は言った。

そんな二人に、アスモデウスは中折れ帽を更に目深に被り、ひとしきり唸《うな》って、重々しく口を開いた。

「彼は――、その名称を非常に不本意に感じていてね」

その一言に、「そうなの？」と神無は不思議そうにし、「やはり……」と御影は目を伏せた。

「なんで？」

　神無は御影に尋ねる。

「ベルゼブブの出典は旧約聖書なんだけど、ユダヤ教は異教の神を悪魔とすることがあったんだ。彼の前身は恐らく、ウガリット神話の嵐と慈雨の神バアルだね」

「あー、異端だと思うのを悪いものだとして排除しようとした系か。慈雨っていうと、豊穣《ほうじょう》の神様じゃん。それが蠅の姿で描かれるとか、お気の毒過ぎでしょ」

「そう、気の毒なんだよ。僕が召喚したフェネクス侯爵も、古代ギリシアでは不死の鳥として伝えられているけれど、ソロモン七十二柱では魔神として加えられているしね。幸い、彼は不死鳥としての知名度の方が高いけれど……」

「じゃあ、アスモおじさんも……」

　神無はいささか同情的な眼差しでアスモデウスを見やるが、彼は平然としていた。

「吾輩はゾロアスター教出身だが、元々が魔神なので問題ない」

「さっき、善神じゃないって言ったのはそれか。ブレなくて良かったじゃん……」

　超常的な彼らも、自分達人間と同じように色々な事情があるのだなと神無は実感する。

「ベルゼブブ公にしろバアル神にしろ、ソロモン七十二柱以外は今の僕にお招きする手段はありませんが、召喚の際には注意しておきましょう」

神妙な面持ちの御影に、「ううむ」とアスモデウスは歯切れの悪い返事をした。

「まあ、彼は個性的な魔神だからな……。いや、君ならば意外と気が合うかもしれないが……」

アスモデウスは御影の服装を眺めながら、何とも言えぬ顔をしていた。複雑な人間関係、もとい、魔神関係があるのだろうか。

「さて、こんなものか」

与太話をしているうちに、アスモデウスはホロスコープを完成させていた。幾何学的な線が絡み合うそれを、アスモデウスはふむふむと読み解いてみせる。

「君達の事務所の未来だが――」

神無と御影は、やや前のめりになって耳を傾けた。

「この様子だと、千客万来といったところだな」

アスモデウスは意味深に笑うと、ホロスコープが描かれているメモ用紙を丁寧に切り取って神無に渡したのであった。

アスモデウスと別れた御影と神無は、のんびりと帰路につく。

御影は少しだけ、ぼんやりとしていた。

「まさか、自力で現界したアスモデウス公に会えるとは。夢でも見ていたのかと思うくらいだよ」

「いや、夢じゃない証拠があるし。っていうか、こんなのをよく読み解けるな」

神無は手書きのホロスコープを、まじまじと見つめる。

「千客万来だそうだね」

「それって、良いことなわけ？」

「繁盛するのだから、良いことだろう？」

「でも、それだけ困ってる人がいるってことじゃん」

しかも、一般人には手に負えない難事件で。その中には、咎人がらみの事件も少なくはないだろう。

だが、「大丈夫」と御影は微笑んだ。

「困った彼らが、僕達のところに来てくれるということだから。それを僕達が解決すれば、何の問題もないでしょう？」

「それもそうか」

神無もまた、ニッと笑う。

一人では心もとなくても、二人ならばきっと大丈夫。

そう思いながら、神無はホロスコープを折り畳んで、ジャケットのポケットに押し込んだのであった。

――本書のプロフィール――

本書は書き下ろしです。

小学館文庫

咎人《とがびと》の刻印《こくいん》

ダイブ・トゥ・スカイハイ

著者　蒼月海里《あおつきかいり》

二〇二一年十月十一日　初版第一刷発行

発行人　飯田昌宏
発行所　株式会社 小学館
〒一〇一-八〇〇一
東京都千代田区一ツ橋二-三-一
電話　編集〇三-三二三〇-五六一六
　　　販売〇三-五二八一-三五五五
印刷所——中央精版印刷株式会社

この文庫の詳しい内容はインターネットで24時間ご覧になれます。
小学館公式ホームページ　http://www.shogakukan.co.jp

ISBN978-4-09-407070-5

咎人の刻印

蒼月海里

イラスト　巖本英利

罪を犯して人の道を外れ、罰を背負った《咎人》。
彼らは罪の証の如き《聖痕》をその身に刻み戦う異能者だ。
令和の切り裂きジャックと呼ばれた殺人鬼・神無と、
弟殺しの吸血鬼・御影。
——ふたりの咎人による世紀のダークファンタジー、始動！

CHARABUN
キャラブン！
小学館文庫